Diogenes Taschenbuch 22471

E. W. Heine

Das Glasauge

Neue Kille Kille Geschichten

Diogenes

Die vorliegende
Geschichtensammlung erschien erstmals 1979
unter dem Titel ›Die Rache der Kälber
und andere makabre Geschichten‹.
Umschlagzeichnung
von E. W. Heine

150/91/24/1
ISBN 3 257 22471 0

Inhalt

Das Glasauge

Der November ist in Schottland ein trauriger Monat, ein Monat voller Regen, Nebel und Hoffnungslosigkeit. In solch einer Novembernacht quälte sich eine alte Fordlimousine durch den endlos rauschenden Regen, der alles umhüllte, sogar die Gedanken. Monoton zerrissen die Scheibenwischer den bleigrauen Wasserschleier. Das kalte Licht der Scheinwerfer huschte suchend über blankes Kopfsteinpflaster und sprang schemenhaft von Stamm zu Stamm der schlafenden Chausseebäume.

Der Mann hinter dem Steuerrad hatte sich wie eine Schnecke in den Schutz seines Mantels zurückgezogen. Der hochgeschlagene Kragen und der weiche Filzhut gaben nur die Nase, eine Hornbrille und den Schnurrbart frei. Während Hände und Füße den Wagen mechanisch und selbständig wie Roboter bedienten, leuchteten hinter der Stirn farbige Gedankenbilder. Eine unendliche Welt aus Gefühlen, Gedanken und Träumen fuhr durch eine von Nebel und Dunkelheit eng begrenzte Umwelt. Beide Welten waren für den Mann am Steuer Wirklichkeit. Aber was war schon wirklich?

Daß es nicht die Dinge waren, die man mit seinen fünf Sinnen erlebte, wußte der Mann aus eigener Erfahrung. Er war Augenarzt, genauer gesagt Professor für Augenheilkunde. In Fachkreisen war sein Name weltweit bekannt, denn niemand hatte so viele Blinde sehend gemacht wie er. Er transplantierte Augen, wie andere Blinddärme entfernten. Er wußte, daß Blinde Dinge sahen, die Sehende nicht wahrzunehmen vermochten. Die Welt außerhalb der fünf Sinne war eine Realität, an der nur Narren zweifeln konnten. Er wußte von diesen Dingen nicht nur als Arzt. Er war selber blind gewesen.

Die Landstraße führte über einen Berg. Der Wind ergriff das Auto und schüttelte es wie ein Spielzeug. Der Regen peitschte gegen das Blech, als haßte er das synthetische Monster, das sich mit dröhnendem Motor durch die Novembernacht fraß, in der sich alles natürliche Leben in sich selbst zurückgezogen hatte und erstarrt zu sein schien.

Die tiefe pessimistische Müdigkeit, die über dem Land lag, hatte keine Gewalt über den Mann hinter dem Steuer. Er hatte das Wochenende in seinem Landhaus in der Einsamkeit der Berge verbracht und befand sich jetzt auf dem Weg nach U., wo er eine private Augenklinik leitete, deren Patienten aus aller Welt zusammenströmten.

Da er wie viele Gelehrte ein Nachtmensch war

und an chronischen Schlafstörungen litt, reiste er in seiner alten Fordlimousine grundsätzlich nur nachts. Er liebte die Nachtfahrten, die nur ihm gehörten. Kein Telefon störte seine Gedankengänge.

Er sah auf die Uhr. Es lagen noch gut zwei Stunden Fahrt vor ihm. Nach seiner Ankunft würde er ein heißes Bad nehmen. Dann standen ihm noch vier Stunden Schlaf zur Verfügung. Mehr schlief er nie. Professor Wilson wollte sich gerade eine Zigarette anzünden, da sah er im Rückspiegel die Lichter. Das Auto näherte sich mit großer Geschwindigkeit. Die Scheinwerfer lagen sehr tief wie bei einem Sportwagen. Es war ein Porsche, der zum Überholen ansetzte, ins Schleudern kam und mit der linken Seite einen Chausseebaum streifte. Er überschlug sich mehrere Male auf dem Kopfsteinpflaster, brach Funken stiebend in mehrere Teile auseinander und stürzte seitlich der Straße in den dunklen Straßengraben. Professor Wilson stoppte und lief zurück zu dem Wagen. Er lag mit dem Dach nach unten, die Räder drehten sich noch in voller Fahrt. Es roch nach Benzin und verbranntem Gummi. Der Fahrersitz war leer.

Der Professor wendete seinen Wagen und parkte ihn so, daß das Licht der Scheinwerfer auf dem Autowrack lag. Ein paar Schritte neben dem Wagen lag in einer unnatürlich verdrehten Haltung ein

Mann. Er hatte sich das Rückgrat gebrochen. Seine sterbenden Beine bewegten sich, als wollte er davonlaufen. Der Fremde war bei dem Aufprall durch die Windschutzscheibe geschleudert worden. Sein Gesicht war zerschnitten und blutete aus zahllosen Wunden.

Oberhalb der Stirn am Haaransatz klaffte ein tiefer, sichelförmiger Einschnitt. Die Kopfhaut war bis zur Mitte des Schädels zurückgeschoben, so als hätte man den Mann skalpiert. Seine Augen standen weit offen. Sie waren auf einen Gegenstand gerichtet, der sich in der Unendlichkeit zu befinden schien. Beide Augen waren unverletzt.

Professor Wilson blickte in das blutige Gesicht. Seine Gedanken liefen zurück bis in längst vergangene Tage. Das zerschnittene Gesicht war sein eigenes. Die toten Augen gehörten ihm. Er hörte wieder die Stimme seiner Mutter, die auf der Gartenterrasse nach ihm rief. Er lag im Haus auf dem Teppich und las in einer Indianergeschichte. Er klappte das Buch zu, stand auf und rannte durch den Wohnraum dem Sonnenlicht entgegen. Er sah den gedeckten Tisch unter dem bunten Sonnenschirm und dahinter den Garten, der unter dem strahlenden Sommerhimmel seine üppig blühende Pracht entfaltete. Mit einem fürchterlichen Klirren zerbrach das Bild in tausend Scherben. Dahinter lag grenzenlose Dunkelheit. Er hörte den Schrei seiner Mutter und spürte das warme Blut auf den Wangen. Bevor er ohnmächtig wurde, wußte er, daß er durch die Glasscheibe der geschlossenen Terrassentür gerannt war. Er dachte an die vielen Operationen, mit denen sie die Sehkraft seines linken Auges gerettet hatten. Für das rechte kam jede Hilfe zu spät. Er trug seit seinem elften Lebensjahr ein Glasauge. Zwischen den Operationen lag er wochenlang mit verbundenen Augen in abgrundtiefer Dunkelheit. Er hatte nie gewußt, daß die Welt so voll von Geräuschen und Tönen war. Jedes Auto, das unter seinem Fenster vorüber fuhr, hatte seinen eigenen, unaustauschbaren, individuellen Klang. Er erkannte am Tonfall der Schritte die Schwestern und Ärzte, bevor sie sein Zimmer im Krankenhaus betraten. Der Wind in den Bäumen, das Bellen eines Hundes in der Nacht, der Duft eines Apfels, die Luft nach dem Regen. Es gab farbige Bilder, die er mit verbundenen Augen sah.

Damals war der Wunsch in ihm wach geworden, Augenarzt zu werden und in die leuchtenden Geheimnisse des Sehens einzudringen. Inzwischen wußte er mehr vom Auge als die meisten lebenden Ärzte. Aber war es wirklich Wissen oder war es höchste Vollendung handwerklichen Könnens? Er war wie ein Uhrmacher, der alle Uhren der Welt kannte und doch nichts über das Wesen der Zeit wußte, das wie ein großer stetiger Strom durch diese Uhren floß.

Die Beine des Toten hatten aufgehört zu zucken. In ein paar Stunden würde die Totenstarre eintreten. Wilson untersuchte die Taschen und das Handschuhfach des Mannes. Er fand keine Papiere, aus denen der Name ersichtlich gewesen wäre. Das Gesicht des Toten war eine einzige blutverkrustete Masse. Wilson schrieb die Nummer des Autokennzeichens auf die Rückseite einer Zigarettenschachtel. Es gab nichts mehr, was er für den Fremden noch tun konnte, außer – er sah in die toten Augen – ihm die Augen zu schließen. Er beugte sich über ihn und bemerkte dabei, daß die toten Augen die gleiche Farbe hatten wie seine eigenen. Sie waren graugrün.

Der Tote war noch jung, Anfang zwanzig vielleicht. Wilson sah wieder sich selbst, die Gartenterrasse, das Glas und das Blut. Der Mann hier war tot, sein Gesicht und sein Körper waren zerstört. Nur seine Augen waren heil geblieben. Bei ihm war es genau umgekehrt gewesen. Etwas Schicksalhaftes verband ihn mit dem Toten. Obwohl er ihm niemals lebend begegnet war, gab es eine starke Anziehungskraft zwischen ihnen, es waren die Augen.

Der junge Mann war zwar tot. Die Todesursache stand einwandfrei fest: Verkehrsunfall mit tödlichem Ausgang auf einer einsamen Landstraße. Es würde eine flüchtige routinemäßige Untersuchung der Polizei geben. In spätestens einer Woche lag der Mann unter der Erde. Seine sterblichen Überreste waren ein Abfallprodukt der Natur. Man würde die Leiche beerdigen oder verbrennen, und das war der Punkt, wo Wilsons Überlegungen einsetzten. Noch lebten die Augen des Mannes. Es würde mehrere Stunden dauern, bis auch sie starben.

Er lief zurück zu seinem Wagen und holte seinen Arztkoffer, den er stets für den Notfall mit sich führte. Er wußte, er handelte gegen die bestehenden Gesetze, aber diese Gesetze waren seiner Meinung nach sentimental, dumm und überholt. Die Leiche war für die Gesellschaft ohne Wert. In wenigen Stunden waren die Augen tot. Eine seltsame Anziehungskraft ging von diesen Augen aus. Er kniete auf dem feuchten Laub nieder und griff mit geübten Fingern dem Toten in das rechte Auge. Er spürte die gallertartige feuchte Masse, als er den Augapfel aus dem Schädel zog. Es gab ein schmatzendes Geräusch. Wie eine reife Tomate lag das Auge auf seiner Hand. Er durchtrennte den Sehnerv mit dem Skalpell und wickelte das zarte Sehorgan in ein Gazetuch, das er mit seinem eigenen Speichel anfeuchtete. Dann holte er sein eigenes Glasauge aus der Aughöhle und drückte es dem Toten in das zerstörte Gesicht. Es war starr und tot wie das andere. Niemand würde den Unterschied bemerken. Was machte es schon aus, ob man den Fremden mit seinem eigenen oder mit einem Glasauge beerdigen würde. Trotzdem kam er sich wie ein Dieb vor, als er zu seinem Wagen zurückging.

Zu Hause legte er das Auge wie eine kostbare Perle in die für die Transplantate vorgesehene Nährlösung und verschloß es in seinem Tresor. Während der nächsten Tage verbrachte er viele Stunden vor dem gläsernen Reagenzgefäß in Betrachtung seines zukünftigen Auges. Es war kraftvoll, jung und lebte, während sein Träger bereits in Verwesung übergegangen war. »Ich bin der einzige Mensch, der sein eigenes Auge sieht«, sagte er zu sich selbst, und er kam sich vor wie ein Schöpfer, der sich selbst aus eigener Kraft erschafft.

Er besprach jede Einzelheit der Operation mit seinem ersten Assistenten, einem jungen Chirurgen, der besessen war von dem Wunsch, seinen Meister zu überflügeln. Als Professor Wilson auf dem Operationstisch lag, war er Chirurg und Patient zugleich, Meister und Werkstoff.

Nach einer bangen Woche stand fest, daß der Körper das artfremde Gewebe nicht abgestoßen hatte. Wilson zählte die Stunden bis zur Abnahme des Verbandes. Man hatte ihm, wie das bei solchen Operationen üblich ist, beide Augen verbunden, um jede Bewegung des transplantierten Auges zu verhindern. Wieder lag er in abgrundtiefer Dunkelheit und wartete. Wieder erlebte er die fremdartige, farbige Welt der Geräusche. Er lauschte seinem Pulsschlag in dem fremden Auge, dem Rauschen des Blutes in den Schläfen und seinem Atem. Ein Flugzeug zog seine einsame Bahn über den Wolken, eine Stubenfliege brummte ihren Zorn gegen das Glas des Fensters. Die Vögel verkündeten den Tag und die Hunde verbellten den Mond. Am lautesten aber sprach die Stille.

Am 1. Dezember wurde der Verband abgenommen. Obwohl das Zimmer abgedunkelt war, erlebte Wilson die Helligkeit wie eine ungeheure Explosion. Nach einer Weile erkannte er die einzelnen Gegenstände des Raumes wie hinter einer Milchglasscheibe. Als seine Augen sich an das Licht gewöhnt hatten, wurden Konturen schärfer und schärfer, bis sie klar und greifbar vor ihm standen. Zum ersten Mal seit seiner Kindheit sah er seine Umwelt plastisch mit zwei Augen. Er stand da und schaute mit grenzenlosem Erstaunen auf die nebensächlichsten Dinge. Niemand sprach. Schließlich bat er um einen Spiegel. Er betrachtete sich lange. In dieser Nacht schlief er nicht. Der Verband wurde jeden Tag ein wenig länger abgenommen. Bereits nach ein paar Tagen trug der Professor nur noch eine starke Sonnenbrille. Die Operation war ein voller Erfolg gewesen.

Aber jedesmal, wenn er in den Spiegel schaute, und das tat er oft, dachte er an den unbekannten Toten, der ihn mit seinem Auge anstarrte. Alles, was er von dem Fremden wußte, war eine Autonummer auf der Rückseite einer leeren Zigarettenschachtel. Aber allmählich verblaßte auch diese Erinnerung immer mehr.

Kurz vor Weihnachten meldete die Sekretärin des Professors einen älteren Herrn, der sich als Kriminalinspektor Carter von Scotland Yard vorstellte. Carter war kein Mann von langen Floskeln. Er kam sofort zur Sache:

»Herr Professor, wir haben da ein Problem, bei dem wir auf Ihre Mithilfe angewiesen sind.« Er holte einen Aktenordner aus seiner Tasche, schlug ihn auf und fuhrt fort: »In der Nacht vom 4. zum 5. November dieses Jahres ereignete sich auf der Landstraße R 236 nicht weit von der Abzweigung nach G. ein tödlicher Unfall. Ein weißer Porsche geriet auf dem nassen Kopfsteinpflaster bei hoher Geschwindigkeit ins Schleudern und zerschellte an einem Chausseebaum. Der Fahrer war auf der Stelle tot.«

Professor Wilson spürte den kalten Angstschweiß auf seiner Stirn. Er zündete sich mit zitternden Händen eine Zigarette an. »Den gerichtsmedizinischen Befund finden Sie in diesem Ordner. Der Porsche war eine Woche vorher in London gestohlen worden. Der Fahrer des Wagens war uns zunächst unbekannt. Anhand der Fingerabdrücke gelang es uns, den Toten vor ein paar Tagen einwandfrei zu identifizieren. Es handelt sich um den mehrfach vorbestraften Westdeutschen Helmut Korff. Er trug als unveränderliches Kennzeichen ein Glasauge. Diese Tatsache war der Ortspolizei bedauerlicherweise entgangen. Eine vor zwei Tagen nachträglich durchgeführte Exhumination der Leiche ergab, Sie werden es nicht glauben, daß Helmut Korff zwei Glasaugen hatte. Wie aber, zum Teufel, kann ein Mensch mit zwei Glasaugen einen Wagen fahren? Können Sie mir diese Frage beantworten?«

Professor Wilson dachte: »Ja, das kann ich.« Dann verlor er die Nerven und lachte, daß es wie das tierische Heulen einer lachenden Hyäne durch die Gänge der Klinik schallte.

Die Flut

Die Wellen schlugen gegen die Felsen, stark und gleichmäßig. Das Haar der jungen Frau wehte im Wind, der vom Meer kam und nach Salz schmeckte. Die junge Frau stand auf dem oberen Rand der Steilküste. So weit der Blick reichte, gab es nur Wasser, Himmel und weißen Sand. Sie kletterte hinunter zum Meer und lief mit nackten Füßen den schmalen Brandungsstreifen entlang, der sich mit jeder Welle näher an die Steilküste heranschaukelte. Die steigende Flut verschluckte den Strand wie einen großen Sandkuchen. Die Wolken, die unter der Sonne vorbeiflogen, jagten als schwarze Schatten über den weißen Sand.

Die junge Frau bückte sich nach einer Muschel. Als sie sich aufrichtete, sah sie einen dunklen Gegenstand auf dem nassen Strand. Hundert Meter entfernt lag er oberhalb der Brandung wie ein großer Fisch.

Die Felsenküste stieß dort besonders dicht ans Meer. Der Strand war schmal und mit mächtigen herabgestürzten Steinen, die die Brandung rund gewaschen hatte, bedeckt. Dazwischen staken Baumstämme, vom Meer geschält und von der Sonne gebleicht, wie Knochen von riesigen Ungeheuern.

Der Körper oberhalb der Brandung aber war schwarz wie ein Fisch. Als sie näher kam, sah sie, daß es ein Mensch war.

Der Mann lag auf der linken Seite mit dem Gesicht im Sand. Seine Arme waren ausgestreckt, so als wäre er im Sprung gestürzt. Das blonde Haar war naß und blutig. Das linke Bein steckte unter dem Stein. Neben dem Mann lagen eine Säge und ein Strick. Die Küste stürzte hier fast senkrecht ins Meer. Eine vom Sturm zerzauste Kiefer hing wie eine Drohung in der Wand. Darüber leuchtete frisches rostrotes Gestein. Es hatte die gleiche Farbe wie der Felsblock auf dem Bein des Mannes. Vermutlich hatte der Fremde sich zu dicht an den Steilhang gewagt und war mit dem verwitterten Gestein abgestürzt.

Ein tiefes Stöhnen kam aus der Brust des Mannes. Die junge Frau stemmte sich gegen den Stein, aber sie bewegte ihn nicht von der Stelle. Sie versuchte es mehrere Male. Der Stein gab nicht nach. Es war totenstill. Nur die Brandung rauschte. Sogar die Möwen waren davongeflogen. Der Fremde lag wie tot im Sand, aber er atmete. Die junge Frau beschloß, zu ihrem Wagen zurückzulaufen, der irgendwo hinter den Dünen parkte. Sie hatte einen langen Spaziergang hinter sich, aber wenn sie sich beeilte, könnte sie die Strecke in einer halben Stunde schaffen. Sie mußte versuchen, Menschen zu finden, die stark genug waren, den Stein zu bewegen. Die Landschaft hier im Umkreis war das einsamste Stück Erde, dem sie je begegnet war. Sie hatte dieses Land wegen seiner unbewohnten Weite geliebt, aber jetzt erfüllte die Einsamkeit sie mit Grauen. Wie weit würde sie fahren müssen, um Hilfe zu finden? Sie sah zur Sonne hoch. Es war später Nachmittag. Wie lange der Fremde hier wohl schon lag? Wenn der Mann kein Fahrzeug besaß, mußte er hier in der Nähe wohnen. Vielleicht hatte er sein Haus irgendwo hinter der Küste und wohnte dort nicht allein. Hoffentlich befand sich ein Telefon im Haus.

Sie lief den Strand entlang, bis die Steilküste flacher wurde. Sand, Gras und Kiefern, so weit der Blick reichte. War da nicht Rauch am Himmel? Aber es war nur Dünensand, den der Wind aufgewirbelt hatte. Die Brombeeren und Sanddornsträucher zerrissen ihr die nackten Beine. Ein brütender Vogel flog schreiend auf. Dann lastete wieder die unheimliche Stille über dem Land. Sie war allein. Obwohl sie wußte, daß sie den Stein nicht bewegen konnte, ging sie zurück. Sie glaubte, daß der Fremde in der Brandung sterben würde, wenn sie nicht zu ihm ginge.

Vielleicht war er schon tot. Sie begann wieder zu laufen. Bei ihrer Rückkehr machte sie eine fürchterliche Entdeckung: Die Beine des Mannes lagen bis zu den Knien im Wasser. Als sie fortgegangen war, hatten sie noch auf dem trockenen Strand gelegen. Das Meer stieg langsam und unaufhaltsam wie ein gigantisches Ungeheuer an Land. Jede Sekunde kroch es ein kleines Stück näher, und jeder Wellenschlag verschlang ein wenig mehr von dem gefangenen Mann. Die junge Frau warf sich gegen den Stein. Sie weinte vor Verzweiflung. Sie fand einen Ast, den sie wie eine Brechstange unter den Stein steckte. Sie riß sich die Hände blutig und zerbrach das Holz, aber der Stein bewegte sich nicht. Er lastete so schwer auf dem Mann wie die Hand des Schicksals. Und sein Schicksal hieß: Tod durch Ertrinken.

Sie versuchte, ihre Gedanken zu ordnen. Sie mußte Hilfe holen. Wenn sie nicht handelte, starb der Mann. Sie begann wieder zu laufen, und während sie davonrannte, dachte sie an die trostlose Weite des Landes. Sie blieb stehen.

»In einer Stunde ist er ertrunken«, sagte sie zu sich selbst, und sie sagte es laut wie ein Kind, das allein ist und sich fürchtet. Sie kehrte um und hockte sich zu dem Fremden. Sie konnte nichts mehr für ihn tun. Sie war genauso hilflos wie er unter dem Gestein. Das Wasser stieg. Einmal hoffte sie, es hätte vielleicht schon seinen höchsten Stand erreicht, aber dann sah sie an dem dunklen Streifen von kleinem Treibgut und Muscheln, der auf dem Strand lag, daß das Meer höher steigen würde.

Sie betrachtete den Mann. Er lag mit der rechten Wange auf dem nassen Sand. Die Stirn war von dichtem, struppigem Haar bedeckt, das bis in die Augen fiel. Sie waren fest geschlossen, als schliefe der Fremde. Sein kraftvolles Kinn war glatt rasiert. Die Lippen waren leicht geöffnet und bewegten sich bisweilen, als wollten sie sprechen. Einmal war es ihr, als lächelten sie im Traum. Wovon mochte der Mann träumen? Welche Menschen lebten in seiner Gedankenwelt?

Sie durchsuchte seine Hosentaschen. Sie wußte selbst nicht warum, wahrscheinlich nur, um nicht tatenlos mit ansehen zu müssen, wie der Mann immer tiefer im Wasser versank. Sie fand ein Stück Angelschnur, ein Taschenmesser und eine aufgeweichte Schachtel Streichhölzer. Sie legte alles auf einen Haufen zu der Säge und dem Strick.

Als sie die Säge aufhob, kam ihr zum ersten Mal der Gedanke, der sie dann nicht mehr losließ. Es war ein Ausweg. Je mehr sie darüber nachdachte, um so stärker wurde ihr bewußt, daß es der einzige Ausweg war.

Ohne ihre Hilfe würde der Mann ertrinken. Das stand fest. Das Wasser reichte ihm jetzt bis zur Brust. In einer Viertelstunde würde die Flut sein Gesicht erreichen. Sie könnte dann versuchen, ihn aufzurichten und seinen Kopf hochzuhalten. Das würde seinen Tod um einige Zeit verzögern.

Gott sei Dank war die Brandung an dieser Stelle des Strandes nur schwach, weil die herabgefallenen Felsen die Wellen brachen und das Wasser so ruhig hielten, wie in einem kleinen Binnensee. Immer wieder starrte sie auf die Säge.

Es war eine kurze Handsäge, der man ansah, daß sie oft gebraucht wurde. Das Holz war dunkel und abgegriffen, der Stahl blank und ohne Rost. Ihr Blick wanderte von der Säge zu dem Bein des Mannes. Sie sagte sich, daß es Wahnsinn sei, überhaupt nur daran zu denken.

Einmal zog sie in Erwägung, einfach wegzulaufen und alles hinter sich zu lassen wie einen bösen Traum. Was ging sie dieser fremde Mann an, der hier auf dem Strand lag wie ein Biber in der Falle, und den das Schicksal dazu bestimmt hatte, qualvoll zu ertrinken. Aber sie fand nicht die Kraft zu gehen. Würde sie tatenlos zusehen müssen, wenn der Mann ertränke, oder wäre sie stark genug, den Fremden mit der Säge zu befreien?

Wenn sie damit sein Leben retten könnte?

Sie hatte von Pelztieren gelesen, die sich selbst den gefangenen Fuß abbeißen, um zu überleben.

Die Flut hatte jetzt den Hals des Mannes erreicht. Es war weniger als eine Handbreite bis zu seinem Mund. Wenn sie das Bein absägte, würde der Mann wahrscheinlich verbluten. Aber sie könnte das Bein unterhalb des Knies abbinden.

Sie dachte an die Frau, die auf eine Wespe gebissen hatte. Es war lange her. Sie war noch ein Kind gewesen. Eine Frau war von einer Wespe in den Mund gestochen worden. Die Zunge schwoll so schnell an, daß die Frau erstickt wäre, wenn ihr nicht ein Medizinstudent mit seinem Taschenmesser die Luftröhre am Hals aufgeschnitten hätte. Ihr graute bei der Vorstellung, jemanden mit einem Messer in den Hals stechen zu müssen. Aber die Frau hatte überlebt. Sie nahm die Säge in die Hand und spürte den scharf geschliffenen Stahl.

Die Flut hatte jetzt das Kinn des Mannes erreicht. Die junge Frau schob einen kurzen Baumstamm unter seinen Kopf. Dabei bemerkte sie, daß der Fremde fror. Seine Lippen waren blau, und er zitterte am ganzen Körper.

Für einen Augenblick öffnete er die Augen und sah sie an. »Ich muß es tun«, sagte die junge Frau zu sich selbst. »Ich muß.« Das Bein lag bereits fünfzehn oder zwanzig Zentimeter unter Wasser. Sie konnte es kaum erkennen, denn das aufkommende Wasser der Flut war von der Brandung getrübt. Sie tastete das Bein ab. Es war hart und schien geschwollen. Es steckte knapp unterhalb des Kniegelenks unter dem Stein. Man mußte es unter dem Knie durchsägen. Wie lange würde es wohl dauern, ein Bein abzutrennen? Und dann kam ihr der schreckliche Gedanke, der Mann könnte aufwachen und schreien. Die Flut stieg zusehends. Sie mußte sich beeilen, wenn sie den Fremden retten wollte. Sie setzte die Säge drei Finger unter der Kniekehle an. Schaudernd dachte sie daran, wie empfindlich gerade dieser Teil des Beines ist. Die Säge lag auf dem Bein, aber sie fand nicht die Kraft, sie in die Hand zu nehmen.

Mein Gott, das ist doch Wahnsinn!

Ihr krankes Herz raste. Gab es wirklich keinen anderen Ausweg? Sie kniete bis an die Hüften im kalten Wasser und hörte, wie ihre Zähne aufeinander schlugen.

Der Wind vom Meer war stärker geworden. Er drückte das Wasser noch heftiger gegen die Küste. Der Mann lag mit Brust und Gesicht auf dem Baumstamm. Die Arme hingen auf der anderen Seite schlaff herab. Vielleicht starb er bereits?

Bei dem Gedanken an den Tod umklammerte sie die Säge wie eine Waffe. Es gab nur zwei Möglichkeiten: Tod oder ...?

Da nahm sie die Säge mit ihren Händen und setzte an. Sie sägte wie eine Wahnsinnige. In ihren Augen brannte ein unheimliches Feuer. Sie zerbiß sich die Lippen und keuchte vor Anstrengung. Ihr Bauch und ihre Brüste klatschten auf dem Wasser auf und nieder wie in sexueller Ekstase. Die Sterne aller Milchstraßen tanzten in den unbarmherzig herandonnernden Fluten. Ihr Magen krampfte sich zusammen. Sie übergab sich und starrte mit leeren Augen auf die Säge. Sie steckte bis zur Hälfte in dem Bein des Mannes.

Sie fürchtete, daß die teuflische Besessenheit sie verlassen könnte, bevor sie ihr Werk vollendet hätte.

»Weiter«, sagte sie und erschrak vor ihrer eigenen Stimme. Sie faßte die Säge, und obwohl das Wasser jedes Geräusch verschluckte, spürte sie den Widerstand und die Härte der Knochen, durch die sich die Stahlzähne fraßen. Sie fühlte den splitternden Ruck, als die Säge hindurch war. Wie von Sinnen zerriß sie mit kurzen heftigen Bewegungen den Stoff der blauen Leinenhose. Dann war der Mann frei.

Sie hatte es geschafft. Sie kniete im Wasser. Alles um sie herum drehte sich. Sie lachte und weinte. Ihr Puls raste. Mit letzter Kraft zog sie den Fremden aus der Brandung den Strand hinauf, ängstlich bemüht, nicht auf den Beinstumpf zu sehen.

Auf allen vieren kroch sie zum Meer zurück, um den Strick zu holen. Sie mußte das Bein abbinden.

Die Gischt umspülte sie wie glühendes Konfetti. Dann verlor sie das Bewußtsein.

Der Fischer Gunnar Carlson wurde am darauffolgenden Tag von seinen Brüdern Sven und Nielson am Strand gefunden. Sie brachten ihn ins Krankenhaus, wo er am Dienstag, den 23. August, an den Folgen eines Schädelbruches starb.

Der Wagen der deutschen Touristin Ursula Krämer wurde nach einer Woche von der Polizei sichergestellt und später der deutschen Botschaft in Oslo ausgehändigt. Ursula Krämer wurde unter der Annahme, daß sie beim Baden ertrunken sei, als vermißt gemeldet. Ihre Leiche wurde niemals gefunden. Niemand kam auf den Gedanken, daß zwischen dem Unfall des Gunnar Carlson und dem Verschwinden der deutschen Touristin ein Zusammenhang bestehen könnte. Es waren zwei Unfälle, wie sie sich jedes Jahr an einer der vielen skandinavischen Küsten ereignen. Und doch war an der Geschichte mit Gunnar Carlson etwas Rätselhaftes, das niemals gelöst wurde.

Der Gerichtsarzt gab zu Protokoll, daß die Schädelverletzung so schwerer Natur war, daß der Verunglückte nach seinem Absturz nicht mehr das Bewußtsein erlangt haben konnte.

Trotzdem war sein Holzbein, das er als Folge einer Kriegsverletzung seit seinem zwanzigsten Lebensjahr trug, mit seiner Handsäge durchgesägt worden. Da die Todesursache einwandfrei feststand, war für die untersuchenden Polizeiorgane die Geschichte mit dem Holzbein eine unwesentliche Frage am Rande des Geschehens.

Das Meer ist voller Rätsel.

Die Astronauten

17.12 Uhr:

Die Kontroll-Ingenieure haben bei der Überwachung der mehr als zwölftausend Schaltaggregate der Rakete »Saturn IV« keine Mängel festgestellt. Die Lampe über dem Steuerpult der Zentrale gibt grünes Licht. Gleichzeitig ertönt ein feiner Summton in der 6 Meilen entfernten Astronautenstation Blue Hill.

Die Astronauten Brian Laurence und George Gibson werden unter ärztlicher Aufsicht von der Bedienungsmannschaft des Raketenstützpunktes angekleidet. Beide lächeln unter den schweren Astronauten-Helmen, die ihnen das Aussehen von Tiefseetauchern verleihen. Die Blitzlichter der Pressefotografen flammen auf. Brian Laurence erhebt sich und läuft schwerfällig ein paarmal im Raum auf und ab, während die Reporter ihn fotografieren.

17.24 Uhr:

Die Astronauten Brian Laurence und George Gibson erreichen in einem gelben Spezialwagen die Rakete. Die »Saturn IV« steht wie ein Denkmal des technischen Fortschritts in der Nachmittagssonne.

Ein paar Ingenieure in gelben Overalls sind mit den Zufuhrschläuchen zur Rakete beschäftigt. Neben dem riesenhaften Projektil wirken sie wie Ameisen. Die beiden Astronauten begeben sich mit ihren Ärzten zu der Aufzugsplattform der »Saturn IV«.

17.30 Uhr:

Brian und George zwängen sich durch die schmale Einstiegsluke am Kopf der Rakete. Sie legen sich in ihre Sitze und werden an das komplizierte Überwachungssystem angeschlossen, das ihr physisches Verhalten während des Fluges kontrolliert und Forschungszwecken dient. Trotz der Klimaanlage in der Weltraumkapsel haben beide schweißfeuchte Gesichter.

Professor Carlson vom Institut für Weltraum-Medizin, Oklahoma, winkt ihnen ein letztes Mal zu und macht mit seinen Fingern das Zeichen des Sieges. Zwei Mechaniker verschließen die Einstiegsluke.

17.42 Uhr:

Die Versorgungsschläuche werden eingeholt. Es beginnt die endgültige Kontrollüberwachung sämtlicher Positionen vor Freigabe des Countdowns.

19.18 Uhr:

Dr. Gable, der verantwortliche Kontroll-Physiker der »Saturn IV«, meldet das einwandfreie Funktionieren aller Positionen.

Eine Sirene kündet den unmittelbar bevorstehenden Countdown an. Alle Wissenschaftler und Versorgungs-Ingenieure begeben sich in ihre unterirdischen Bunker. Die beiden Männer in der Spitze der Rakete sind jetzt ganz und gar in der Hand des Schicksals. George Gibson betet. Es ist sein erster Abschuß.

19.31 Uhr:

Der Countdown beginnt.... 10, 9, 8, 7, 6, 5, 4, 3, 2, 1, FIRE.

19.32 Uhr:

Schwarze, schwere Rauchwolken umhüllen den Fuß der silbern glänzenden Rakete. Der Boden dröhnt und schwingt wie unter schwerem Beschuß. Dann hebt die Rakete behutsam ab und jagt, immer schneller werdend, in den makellos blauen Himmel über der Wüste.

19.38 Uhr:

Die erste Raketenstufe ist verbrannt und wird abgestoßen.

19.44 Uhr:

Die zweite Raketenstufe schaltet automatisch.

20.06 Uhr:

Die letzte Stufe ist ausgebrannt. Die Raumkapsel befindet sich jetzt auf ihrer Umlaufbahn. Brian Laurence und George Gibson beobachten, wie die ausgebrannte Raketenstufe noch eine Weile neben ihnen herfliegt. George meldet ihre Position über Sprechfunk. Die Handhabung und Überwachung der Armaturen erfordert jetzt ihre Konzentration. Gibson nimmt eine Kurskorrektur der Bodenstation entgegen und überträgt sie auf das Steuerungssystem der Weltraumkapsel. Die Verbindung zur Bodenstation ist ausgezeichnet und wird durch keinerlei atmosphärische Störungen verzerrt oder gar unterbrochen.

20.22 Uhr:

Die beiden Astronauten überfliegen jetzt Australien. Beide erkennen deutlich die Umrisse des Erdteils. Der Himmel ist wolkenlos. Gibsons Stimme überschlägt sich vor Begeisterung. Professor Carlson registriert: Herztätigkeit und Blutdruck normal.

20.45 Uhr:

Alle Sendestationen der Vereinigten Staaten geben den geglückten Abschuß der »Saturn IV« bekannt. Frau Gibson hört die Nachricht bei ihrer Mutter in Mexiko City, wo sie zur Zeit ihren Urlaub verbringt. Frau Laurence erfährt die Nachricht durch das Fernsehen und ruft sofort Brians Mutter in New York an, die das Ereignis vor ihrem Radiogerät vernommen hat. Beide Frauen weinen vor Glück und nervlicher Belastung. Frau Laurence nimmt ununterbrochen Telefongespräche von

Nachbarn und Freunden entgegen, die sie beglückwünschen.

21.00 Uhr:

Die beiden Astronauten haben sich aus ihren Sitzen erhoben und erleben das aufregende Gefühl der Schwerelosigkeit. Gibson setzt eine der Tuben, aus denen sie sich die nächsten achtundvierzig Stunden ernähren werden, in die Luft. Die Tube steht schwerelos in der Kabine. Laurence uriniert auf höchst komplizierte Weise in einen der dafür konstruierten Plastikbeutel und verstaut ihn im Kühlschrank.

21.30 Uhr:

Die Raumkapsel der »Saturn IV« überfliegt das amerikanische Festland. Die Sprechverbindung wird durch heftige atmosphärische Störungen zeitweilig unterbrochen. Die Rakete fliegt ohne die geringfügigste Kursabweichung auf ihrer berechneten Bahn. Gibson übernimmt die Sprechkontrolle mit den Bodenstationen, wird aber wiederholt durch pfeifende Störtöne unterbrochen.

21.52 Uhr:

George Gibson nennt die genauen Meßwerte der Armaturen-Skalen. Mitten im Wort bricht seine Stimme ab. Dafür empfängt die Bodenstation Johannesburg klar und deutlich die Stimme von Brian Laurence. Er sagt: »Mein Gott.« Dann verliert sich der Inhalt seiner Aussage in wirrem Gestammel.

Zur gleichen Zeit springt der Blutdruckanzeiger des Astronauten George Gibson so an, daß die graphische Meßlinie über den Rand des Aufzeichnungsstreifens springt. Professor Carson weiß, bevor er auf das Elektrokardiogramm blickt, daß Gibson tot ist. Sein Blutdruck hat den vielfachen Wert seines normalen. Das Herz hat ausgesetzt. Der Schweißmesser zeigt einen Feuchtigkeitswert an, der den Eindruck erweckt, als läge der Astronaut im Wasser. Der Blutdruck von Brian Laurence ist ebenfalls sprunghaft angestiegen. Sein Herz rast in Panik, befindet sich aber außerhalb der tödlichen Leistungsgrenze. Die Funkstation Johannesburg bemüht sich fieberhaft um Sprechkontakt. Auf der Leuchtkarte verfolgen die Wissenschaftler in Cap Kennedy den Flugverlauf der Rakete. Bis auf die Funker der Bodenstation Johannesburg und Professor Carlson weiß zur Zeit noch niemand, daß etwas Entsetzliches geschehen ist. Frau Gibson häkelt an einem hellblauen Baby-Jäckchen für ihren acht Monate alten Sohn Oliver. Frau Laurence schläft bereits.

21.53 Uhr:

Professor Carlson alarmiert die Flugwacht. Es steht außer Zweifel, daß George Gibson zu diesem Zeitpunkt tot ist und Brian Laurence sich in einem heftigen Nervenfieber befindet. Der Kontrollrat beschließt den sofortigen Abbruch des Weltraumfluges. Die Computer errechnen Landungszeit und Aufschlagposition. Der Kommandant des Flugzeugträgers »Eagle« empfängt den Funkspruch, sich einsatzbereit zu halten.

22.02 Uhr:

Die Landeposition ist bekannt. Der Flugzeugträger »Eagle« bestätigt seine Einsatzfähigkeit und bestimmt als Auslaufzeit 22.55 Uhr.

2.04 Uhr:

Die »Eagle« hat die vermutliche Landeposition der »Saturn IV« erreicht. Auf funktechnischem Wege werden die Bremsraketen der Weltraumkapsel betätigt. Eine Sprechverbindung mit dem Astronauten Laurence ist seit dem Unfall nicht mehr zustande gekommen. Als Landezeit wurde 3.15 Uhr berechnet.

3.10 Uhr:

Die »Eagle« schießt Leuchtraketen ab und verwandelt die Nacht über dem Pazifik in grünblaues Tageslicht. Die Luft ist erfüllt vom Dröhnen der Suchhelikopter.

Der Radarschirm der »Eagle« hat noch nichts geortet. Prof. Carlson vom Institut für medizinische Weltraumforschung und sein Kollege Dr. Gable von der Leitzentrale sind auf dem Wege zum Flugzeugträger.

3.15 Uhr:

Die »Eagle« sichtet im Radarfeld ein Flug-Objektil und errechnet den vermutlichen Aufschlag. Zu dieser Zeit befinden sich alle Suchflugzeuge in der Luft. Carlson und Gable landen auf dem Flugzeugträger.

3.20 Uhr:

Die Weltraumkapsel muß jetzt gelandet sein. Eine Funkmeldung liegt noch nicht vor. Der Präsident der Vereinigten Staaten steht in direkter Sprechverbindung mit dem Kommandanten der »Eagle«, um aus erster Quelle unterrichtet zu werden.

3.28 Uhr:

Der Hubschrauber AF 206 meldet den Fund der Kapsel. Die »Eagle« nimmt Kurs auf das angegebene Planquadrat.

3.40 Uhr:

Der zweite Offizier der »Eagle« entdeckt die schwimmende Kapsel mit seinem Fernglas. Ein Schnellboot wird zu Wasser gelassen und nimmt Kurs auf den treibenden Raketenkopf. Außer ein paar Männern im Pentagon, der Besatzung der »Eagle« und den Wissenschaftlern vom Cap Kennedy weiß bis zu diesem Zeitpunkt niemand in den Vereinigten Staaten von der Notlandung der »Saturn IV«.

4.05 Uhr:

Die Raumkapsel wird an Bord des Flugzeugträgers gehievt. Es herrscht Totenstille. Niemand denkt daran, die amerikanische Nationalhymne zu spielen, wie das bei allen anderen Bergungen üblich war. Die Kapsel steht naß und drohend auf den hellen Planken des Schiffes, in grelles Scheinwerferlicht getaucht. Nichts deutet auf eine mechanische Beschädigung hin.

4.15 Uhr:

Zwei Mechaniker öffnen die runde Ausstiegsluke und geben den Weg für Professor Carlson frei. Der Professor steigt in die Kabine. Nach einer Weile, die allen wie eine Ewigkeit erscheint, klettert er mit ernstem Gesicht wieder heraus. Er geht zu dem Kommandanten. Die beiden sprechen miteinander. Zwei Sanitäter eilen herbei. Zuerst heben sie George Gibson heraus, dann Brian Laurence. Sie bringen sie in den Fahrstühlen zum Lazarett. Durch die silberfarbenen Weltraumanzüge sind die Astronauten nicht zu erkennen. Die Sichtfenster sind beschlagen. Der Anzug von George Gibson weist häßliche dunkle Flecke auf. Die Sanitäter stöhnen unter der Last, denn die Weltraumanzüge sind schwer.

4.25 Uhr:

Die beiden Astronauten befinden sich jetzt im Vorraum zum großen Operationssaal. Es herrscht fieberhafte Aktivität. Professor Carlson stellt fest, daß das Sichtfenster von Laurence von außen beschlagen ist und das von Gibson von innen. Er ist bis zu dem Zeitpunkt der einzige, der weiß, was sich wirklich ereignet hat. Er hilft Laurence aus dem Raumanzug. Laurence ist bewußtlos. Sein Atem geht flach und unregelmäßig. Sie legen ihn unter das Sauerstoffzelt.

Als sie Gibsons Astronautenhelm öffnen, ist es totenstill. Der Weltraumanzug ist leer.

Carlson sieht zu dem zweiten bereitstehenden Sauerstoffzelt hinüber und sagt: »Wir brauchen es nicht mehr. Tragen Sie Gibsons Anzug in einen sterilen Kühlraum. Wir werden ihn später untersuchen.« Er geht hinüber zu Laurence. Der Junge muß etwas erlebt haben, das einen Durchschnittsmenschen in den Wahnsinn getrieben hätte. Dann geht er ans Telefon und spricht mit dem Präsidenten.

Als Professor Carlson die Kommandobrücke betritt, geht die Sonne über dem Pazifik auf. Der Himmel strahlt in allen Farben. Professor Carlson starrt in den Glanz.

Ihn friert.

»Sagen Sie mir, Professor, was hat das zu bedeuten?« fragt die Stimme des Kommandanten neben ihm. »Warum ist Gibson ausgestiegen? Glauben Sie, daß er verrückt geworden ist?«

»Gibson ist nicht ausgestiegen.« Professor Carlson sieht in die erstaunten Augen des Kommandanten.

»Wie Sie sicher wissen, hängt der Siedepunkt einer Flüssigkeit vom atmosphärischen Druck ab. Wenn Sie Wasser unter normalen Luftverhältnissen erhitzen, kocht es bei hundert Grad. Je dünner die Luft wird, desto tiefer sinkt der Punkt, bei dem das Wasser zu kochen beginnt. In der dünnen Atmosphäre des Himalaja-Gipfels kocht das Wasser bereits bei neunzig Grad, weil der atmosphärische Druck so gering ist. Je niedriger der Luftdruck wird, desto eher beginnt Wasser zu kochen und zu verdampfen. In der Weltraumkapsel haben wir künstlich die Druckverhältnisse der Erde geschaffen. Wenn ein kleiner Meteorit die Kabine durchschlägt, entweicht die Luft wie aus einem beschädigten Autoreifen. Deshalb tragen die Astronauten Weltraumanzüge, denn darin herrschen die gleichen Druckbedingungen wie auf der Erde. Durchschlägt ein Meteorit die Kabine der Astronauten, so sind sie in ihren Anzügen geschützt. Sie flicken das Loch in der Wand und stellen mit Hilfe einer Preßluftflasche die gleichen Druckverhältnisse wieder her wie früher.

In unserem Fall durchschlug ein vielleicht nur bohnengroßer Meteorit die Kabinenwand und traf George Gibson. Es entwich nicht nur die Druckluft aus der Kabine, sondern auch die aus Gibsons Raumanzug. Gibson stand nicht mehr unter atmosphärischem Druck. Damit fiel der Siedepunkt des Wassers so extrem, daß er weit unter der Körpertemperatur des Astronauten lag. Gibson begann im Bruchteil einer Sekunde zu kochen. Der Harn in der Blase siedete zuerst. Er trieb den Leib auf wie einen Luftballon. Fast gleichzeitig begann das Gehirn zu kochen. Es trat aus den Öffnungen des Schädels hervor, wie ein überkochender Brei, zuerst aus der Nase und dann aus den Ohren. Während die Augäpfel regelrecht explodierten, verdampfte das Blut in den Adern und zerfetzte das Gewebe. Der Mensch besteht zu achtundneunzig Prozent aus Wasser. Jede Körperzelle ist ein kleiner Wassertank. Wenn das alles im luftleeren Raum verdampft, so bleibt nicht viel zurück.«

George Gibson bekam ein Heldenbegräbnis auf dem Luftwaffenfriedhof von Washington. Sein Sarg war leer.

Schuberts Unvollendete

Der Volkspolizist hob den Schlagbaum und sagte: »Gute Fahrt.« Max Grunau brummte: »Danke« und dachte: ›Leck mich am Arsch.‹ Der schwere Lastzug setzte sich stöhnend in Bewegung.

Im Rückspiegel verblaßten die Lichter des Autobahnkontrollpunktes Drei Linden bei Berlin. Grunau sah auf das Armaturenbrett. Es war alles in Ordnung. Die Nacht war sternklar und ungewöhnlich warm für die Jahreszeit. Grunau drehte das Wagenfenster herunter und roch den harzigen Duft der Kiefern, die als dunkle Schatten links und rechts an ihm vorbeiglitten.

Der schwere Motor dröhnte und brachte eine vertraute Atmosphäre in das enge Fahrerhaus. Grunau fuhr Bauzement von Hannover nach West-Berlin. Sie füllten ihm das Zeug in Hannover in die riesigen Tanks seines Lastzuges, und er transportierte es quer durch die Zone nach Berlin-Tempelhof. Dort machte er ein paar Stunden Pause, aß ein Eisbein oder eine Schlachtplatte und fuhr dann den leeren Zug zurück.

Grunau lehnte sich zurück und steckte sich eine

Zigarette in den Mund. In drei Stunden würde er am Zonenkontrollpunkt Marienborn sein und eine halbe Stunde später in Helmstedt in der Badewanne. Morgen war Freitag. Er hatte frei. Der Vogt würde für ihn fahren. Er freute sich auf morgen. Der sternklare Himmel versprach einen sonnigen Tag.

Rechts tauchte das gelbe Schild der Autobahnausfahrt Lehnin auf. Die Lichtkegel der Scheinwerfer glitten über den weißen Mittelstreifen der Fahrbahn. Der Motor vibrierte, und der Talisman an der Windschutzscheibe baumelte gleichmäßig hin und her.

Das Radio brachte flotte Tanzmusik. Grunau pfiff vor sich hin und klopfte mit seinem linken Fuß den Takt dazu.

Er liebte diese Nächte auf der Autobahn. Um diese Zeit war die Autobahn so einsam und menschenleer wie der Sternenhimmel. ›So muß den Astronauten zumute sein, wenn sie um die Erde fliegen‹, dachte Grunau. Nur, daß seinem Trip das Sensationelle fehlte, der Nervenkitzel des Neuen.

Sicher, für viele war es schon eine aufregende Sache, durch die Zone zu fahren. Die Vopos links und rechts mit schußbereiten Maschinenpistolen an den Schlagbäumen, die unheimlichen Paßkontrollen, bei denen man nie wußte, ob die nicht vielleicht jemanden suchten, der zufällig Grunau heißt. Die ersten paar Male war er sich schon ziemlich rechtlos vorgekommen zwischen all dem Stacheldraht. Zu Anfang hatte er sich gesagt: ›Was sollen die schon von einem armen Hund wie mir wollen, und außerdem sind sie scharf auf meine Autobahngebühr.‹

Hinterher hatte er sich daran gewöhnt, fast daran gewöhnt. Es war ihm doch jedesmal ein wenig mulmig, wenn er zwischen den Minenfeldern zur Abfertigung in das grelle Scheinwerferlicht fuhr. Das lag an den Zwischenfällen, die immer wieder passierten. Grunau dachte an den zusammengeschossenen Wagen am Kontrollpunkt Marienborn. Der Fahrer hatte versucht, mit erhöhter Geschwindigkeit den Schlagbaum zu durchbrechen, um in den Westen abzuhauen. Die Straße war noch voll von Glasscherben, ausgelaufenem Öl und frischem Blut. Der Wagen lag umgekippt neben der Straße. Eine zerbrochene Brille hing im Fenster.

Die Menschen, die an der Paßabfertigung auf ihre Papiere warteten und den Mord mit angesehen hatten, sagten kein Wort; in ihren Augen lag nicht einmal Protest, bloß Angst, nackte Angst. Dazu schrien die Lautsprecher: »Westdeutsche Brüder, Sie wurden gerade Augenzeugen eines jener verbrecherischen Spionage-Attentate, wie es die Bonner Agitatoren tagtäglich auf unseren friedliebenden Arbeiter- und Bauernstaat...«

Erst auf der westlichen Seite wagten die Augenzeugen den Mund aufzumachen. Eine Frau begann fassungslos zu weinen.

In dem zerschossenen Wagen hatten ein junger Mann und eine junge Frau gesessen. Der Mann war sofort tot gewesen, aber die Frau war aus dem Wagen gekrochen. Sie lag auf der Straße, ohne daß ihr jemand half. Erst als ihr Röcheln langsam erstarb, hatte man sie auf einen Lastwagen der kasernierten Volkspolizei gehoben und davongefahren.

›Die Zeitungen sind ja voll davon‹, dachte Grunau, ›aber es ist etwas anderes, wenn man es selbst erlebt.‹

Zum Teufel noch mal, warum mußte er jetzt an so etwas denken. In vierzehn Tagen war 1. Mai, Feiertag. Und das noch an einem Freitag. Das bedeutete ein langes Wochenende. Er durfte nur nicht vergessen, seinen Tipschein schon am Donnerstag abzugeben. Sechs Richtige, das war es, was ihm fehlte, fünf wären auch schon genug. Er hatte sich oft ausgemalt, was er mit dem Geld anstellen würde. Erst einmal würde er...

»Zum Teufel!« fluchte Grunau und trat auf die Bremse. Das Kreischen der Preßluft-Bremsen überschrie die zärtliche Frauenstimme aus dem Radio. Die Stablampe rollte vom Sitz und polterte auf die Erde. Mitten auf der Autobahn stand ein Mann.

Grunau wußte sofort, daß das Ärger bedeutete.

Er hatte gerade die Elbe überquert und war jetzt mitten in der Ostzone. Er kletterte aus seinem Führerhaus und sagte:

»Sind wohl lebensmüde, was? Um ein Haar, und ich hätte Sie in den Asphalt gemangelt.«

Der Mann auf der Straße lief auf ihn zu, umklammerte mit beiden Händen seinen rechten Arm und keuchte völlig außer Atem: »Sie müssen mir helfen. Bitte, helfen Sie mir!«

Grunau erkannte eine zweite Gestalt, die aus der Dunkelheit auf ihn zukam. Es war eine Frau.

»Das ist meine Frau«, sagte der Mann. »Mein Name ist Schubert. Sie müssen verstehen, wir wollen Ihnen keine Scherereien machen, aber bitte helfen Sie uns. Ich flehe Sie an, bitte helfen Sie uns.« Schuberts Augen hatten den flackernden Blick eines gehetzten Tieres. Er sprach abgehackt und atemlos, und seine Hände umklammerten Grunaus Arme wie ein Schraubstock. Er war klein, blaß und Anfang sechzig. Er trug eine randlose Brille. Er zitterte am ganzen Körper und schien am Ende seiner Kräfte zu sein. Die Frau weinte leise vor sich hin.

»Sie wissen, daß es verboten ist, hier anzuhalten, mitten auf der Autobahn«, sagte Grunau, und er dachte: ›Mensch, wärst du bloß weitergefahren.‹

»Bitte, helfen Sie mir«, keuchte der Mann, und er sagte es in so flehentlichem Ton, daß Grunau ahnte, er würde den Mann nicht abweisen können. Er fluchte in sich hinein.

»Ich kann hier nicht stehenbleiben«, sagte er ärgerlich. »Los, kommen Sie ins Fahrerhaus.« Und er dachte: ›Raussetzen kannst du sie immer noch.‹

Als der Wagen anfuhr, wurde ihm bewußt, daß das Schicksal ihm eine tödliche Verantwortung aufgehalst hatte. Er schaltete das Radio aus und hielt dem Mann seine Zigaretten hin. Der rauchte so, wie ein Verdurstender trinkt.

Dann sagte er:

»Ich heiße Schubert. Ich bin Lehrer, Studienrat für Deutsch und Geschichte. Sie sind hinter mir her. Man hat mich unmittelbar vor meiner Verhaftung gewarnt. Als sie kamen, habe ich mich auf dem Dachboden versteckt. Sie haben meine Frau mitgenommen und verhört, sie haben sie den ganzen Tag verhört. Als sie abends zurückkam, sind wir gemeinsam davongelaufen. Wir sind die ganze Nacht gelaufen, bis wir die Lichter der Autobahn sahen. Bitte, helfen Sie uns. Wir müssen in den Westen. Die Autobahn ist für uns die einzige Verbindung nach drüben.«

»Bitte«, sagte die Frau, und es war das erste Mal, daß sie etwas sagte.

»Aber das geht nicht«, erwiderte Grunau. »Waren Sie schon mal am Grenzkontrollpunkt?«

»Nein«, sagte der Mann, und seine Stimme war tonlos und traurig.

»Keine Maus kommt dort unkontrolliert durch. Selbst wenn Sie einen westdeutschen Paß hätten, würde Ihnen das nichts helfen, wenn Sie keinen Passierschein haben.«

»Könnten Sie uns nicht irgendwo verstecken?« fragte der Mann. Und dabei kletterte sein Blick wie ein gefangenes Insekt im Fahrerhaus umher. Hinter der randlosen Brille wirkten seine fiebernden Augen unheimlich groß.

Der andere antwortete nicht. Der Motor dröhnte, und die Reifen sangen auf der Betonstraße.

›In dreißig Minuten sind wir an der Grenze‹, dachte Grunau. Der Schweiß lief ihm den Rücken hinunter. ›Verfluchte Scheiße! Warum ausgerechnet ich?‹ Eine unbändige Wut hatte ihn erfaßt. Er verfluchte sich selbst, diese Idioten, das Schicksal, die Grenze.

Die Frau weinte leise vor sich hin.

»Ich kann doch nichts dafür«, sagte Grunau, und er sagte es sehr laut. Die Frau verstummte, die Tränen liefen über ihre blassen Wangen.

»Bin ich schuld an dieser Scheißgrenze? Achtzehn Millionen leben hier rechts und links der Autobahn. Viele wollen raus. Ich kann doch nicht zaubern. Die untersuchen an der Grenze alles. Selbst wenn ich euch unter den Wagen binden würde, würden die euch finden. Wissen Sie, wieviel Jahre auf Menschenschmuggel stehen? Ich bin verheiratet und habe ein Kind. Man wird nicht nur Sie, sondern auch Ihre Frau einsperren. Glauben Sie mir, es hat keinen Zweck. Es wäre Wahnsinn. Sie kennen die Grenze nicht. Ich fahre die Strecke fast täglich. Sie müssen mir glauben, wir hätten keine Chance. Ich würde Ihnen gern helfen.«

»Ja«, sagte der Mann, »ich verstehe.«

Es wurde langsam hell im Osten. Grunau stoppte den Wagen in einer Waldschneise und öffnete die Tür. Er gab dem Mann die Hand und sah ihm nicht in die Augen.

»Verzeihen Sie«, sagte der Mann.

»Was werden Sie tun?«

Der Mann zuckte mit den Schultern. »Ist es noch weit bis zur Grenze?«

»Fünfzig Kilometer.«

»Komm!« sagte der Mann zu seiner Frau. »Du bist müde. Wir werden den Tag hier im Wald verbringen. Morgen nacht laufen wir zur Grenze.«

»Das ist doch Wahnsinn. Gehen Sie nach Hause«, sagte Grunau. Aber der Mann schüttelte den Kopf. Er legte den Arm um seine Frau und sagte zu Grunau: »Alles Gute.«

Grunau stand auf der Straße, zwei Schritte von dem Trittbrett zum Fahrerhaus entfernt. Er hatte ein erbärmliches Gefühl in der Magengegend. Drei Schritte, und das Klappern der Wagentür hätte alles beendet, aber Grunau stand auf der Straße wie eine Schachfigur. Er sah den beiden nach. Hand in Hand, wie zwei Kinder, die sich verlaufen haben, gingen sie auf den Wald zu, der sich schwarz und unheimlich gegen den immer heller werdenden Morgenhimmel abhob. Kurz bevor sie die ersten Bäume erreichten, drehten die beiden sich noch einmal um und blickten zurück zur Autobahn. Dann stolperten sie weiter.

Grunau fühlte sich erbärmlich. Seine Kehle war wie zugeschnürt. Die beiden liefen in ihren Tod. Er legte seine Stirn gegen das kalte Blech des Anhängers und schlug voll Wut seine geballten Fäuste dagegen. Die leeren Tanks dröhnten wie Trommeln, und mit einem Male ahnte Grunau einen Ausweg. Ja, das war eine Möglichkeit, eine verdammt gefährliche, aber es war eine Möglichkeit. Es gab einen Weg. Er rannte durch das taufeuchte Gras und rief: »Schubert. Hallo, Schubert. Schubert, warte.« Und als er sie eingeholt hatte, keuchte er: »Ich weiß, ich weiß, wie wir es schaffen könnten.«

Er war völlig außer Atem. Das würgende Gefühl war verschwunden. Er war so gelöst, als hätten sie das Unmögliche bereits geschafft. Dabei lag noch alles vor ihnen. Er fuhr den Lastzug durch die

Nacht, wie ein Fallschirmspringer, der sich vor dem Sprung gefürchtet, aber dann im Flug alle Angst verloren hat, obwohl die Gefahr anstatt kleiner zu werden, immer näher rückt.

Hinten im letzten Zement-Tank steckten zwei Menschen. Der Einfüllstutzen auf dem runden Tank war gerade so groß, daß sich die beiden Schuberts hatten hindurchzwängen können. Sie hatten die Arme hochnehmen müssen, und er hatte sie an den Händen gehalten, bis sie Boden unter den Füßen spürten. Es war stockdunkel in dem Tank, und er war voller Zementstaub. Der Kesselwagen war nicht gefedert, sie würden jeden Stoß der Achsen als harten Schlag empfinden. Außerdem konnten sie dort drinnen nicht stehen, sondern mußten liegen, denn der stählerne Fußboden war gewölbt. Grunau wußte, daß es eine Höllenstrapaze für die beiden Alten sein würde, aber sie hatten keine andere Wahl gehabt.

In 30 Minuten würden sie an der Grenze sein. Grunau knipste das Radio wieder an und nahm jetzt ein paar Beruhigungstabletten. Er brauchte jetzt Nerven wie Drahtseile. ›Wenn die in die Tanks sehen, bin ich geliefert.‹ Voriges Jahr haben sie einen Lastwagenfahrer erwischt, der regelmäßig Kleider und Anzüge von West-Berlin in die Bundesrepublik transportierte. Die Kleidungsstücke hatten in langen Reihen dicht an dicht auf Kleiderbügeln gehangen.

Der Fahrer hatte mit Hilfe eines Sitzbügels eine Frau zwischen die Kleider gehängt. Der Wagen war wie ein Möbeltransporter gebaut. Wenn man hinten die Tür öffnete und hineinleuchtete, was meistens geschah, sah man von oben nur Kleiderbügelhaken, und unten war alles frei, weil die Frau hing. An dem Tag war aber ein Vopo in den Wagen geklettert und hatte die Stücke einzeln untersucht. Der Fahrer hatte zwölf Jahre gekriegt. In seine Zementtanks hatten sie auch schon hineingeleuchtet, aber meistens geschah das nur, wenn neue Vopos am Schlagbaum standen und die alten ausgewechselt worden waren. Da er fast täglich fuhr, kannten die Neuen ihn bald und kontrollierten nur Fahrerhaus und Papiere. Das Dumme war allerdings, daß die Vopos oft gewechselt wurden. Die Neuen waren immer scharf und pedantisch genau, Bauernsöhne aus Mecklenburg oder Sachsen, fast nie über zwanzig und engstirnige Kommunisten.

Grunau dachte daran, wie er einmal mit einem von diesen Neulingen aneinandergeraten war. Damals stand er mit einer Ladung Zement an der Kontrollstelle, sie hatten schon seine Papiere geprüft. Da kam so ein Knabe zu seinem Wagen und sagte: »Machen Sie mal die Luke auf.«

»Mensch, da ist Zement drin«, sagte Grunau, »und der wird mit einigen Atmosphären hineingeblasen. Das Zeug steht unter Druck. Wenn ich die Klappe aufmache, staubt hier alles voll.«

»Das macht nichts«, sagte der Vopo. »Machen Sie den Tank auf.«

»Aber der Zement zerätzt meinen Wagenlack, meine Reifen, meine Hände. Haben Sie schon mal Zement in die Augen bekommen, Genosse?«

»Verdammt noch mal, machen Sie die Karre auf!« sagte der Vopo, und dabei glitt der Riemen seiner Maschinenpistole langsam von der Schulter. Grunau hatte den Verschluß der Luke aufgezogen, und der Vopo hatte sich die Schweinerei fachmännisch angesehen. Auf der Rückfahrt hatten sie eine zusammengeknüllte Zeitung mit einem Streichholz angezündet und in den leeren Tank geworfen. Dabei hatte der gleiche Vopo hineingesehen, als hätte Grunau einen Nazi im Tank gehabt. So ging das drei Tage. Am vierten Tag hatte Grunau den Jungs im Zementwerk in Helmstedt gesagt, sie sollten ihm ein paar Atü mehr in den Tank tun.

»Auf eigene Verantwortung«, hatten die gemeint, und er hatte geantwortet: »Es ist ja nur bis zur Grenze.«

Als er dort eine halbe Stunde später aus der Paßbaracke kam, stand der Vopo schon am Wagen und sagte:

»Aufmachen!«

»Mensch«, sagte Grunau, »ich habe meinen Sonntagsanzug an. Ich bin heute zum Geburtstag eingeladen. Du weißt doch inzwischen, was drin ist, Genosse.«

Der Volkspolizist sah ihn verächtlich an, dann stieg er mit seinen schweren Stiefeln selber auf den Tank und ließ den Sperrhahn des Lukendeckels hochschnappen. Es sagte: »Blubb«, und dann war alles weiß wie bei dichtem Schneetreiben. Als der Nebel sich gelegt hatte, stand ein Schneemann auf Grunaus Anhänger und hustete. Zwei Vopos, die aufgeregt herbeigelaufen kamen, hielten sich die Bäuche vor Lachen, und einer sagte zu dem Schneemann: »Wie kann man da nur reinsehen.«

Da kam ein Offizier und befahl: »Mensch, hauen Sie ab, Sie Dreckschwein!«

Seitdem hatte er Ruhe gehabt, wenigstens für eine Weile.

Aber sie hatten hin und wieder in seine leeren Tanks geleuchtet, wenn er leer zurückkam. Das letzte Mal vor vierzehn Tagen.

Im Morgenlicht sah Grunau das Hinweisschild: Zonengrenzbezirk, Höchstgeschwindigkeit 20 km. Er schaltete herunter. Jetzt waren es nur noch ein paar Kilometer bis zur ersten Wache auf dem Mittelstreifen zwischen den Fahrbahnen. Grunau spürte seinen Herzschlag in den Schläfen und wischte sich seine feuchten Handflächen an der Jacke ab.

›Wenn die Schweine nur nicht in den Tank sehen.‹

Und wenn... Er könnte versuchen, mit dem schweren Fahrzeug die Barrieren zu durchbrechen. Er passierte gerade den ersten Rammbock aus Beton. Er sah auf den massigen Stahlbetonklotz, der seitlich der Straße mit leichtem Gefälle zur Fahrbahn auf Rollen stand. Ein Warnschuß – und er würde losrollen und den Weg blockieren. Nicht einmal ein Panzer käme über ihn hinweg. Und links und rechts der Straße Stacheldraht und dahinter das Minenfeld. Nein, Gewalt kam nicht in Frage. Er wollte Barbara und Sabine lebend wiedersehen. Dann schon lieber erst in zwölf Jahren.

Die ersten Uniformen tauchten auf. ›Es waren noch nie so viele‹, dachte Grunau.

›Ob wohl wieder irgend etwas vorgefallen ist? Lieber Gott, bloß das nicht. Das hieße verschärfte Kontrollen.‹

Dicke Schweißperlen liefen ihm über das Gesicht.

›Reiß dich zusammen. Mach es nicht so auffällig.‹

Er zündete sich eine Zigarette an und sah, wie seine Hände zitterten. Er blickte in den Rückspiegel. Sein Gesicht war knallrot und völlig verschwitzt. Die Haare klebten ihm an der feuchten Stirn. Seine Augen waren fiebrig vor Angst.

›Mein Gott‹, dachte er, ›das sieht doch jeder Idiot, daß du etwas im Wagen hast.‹

Die Erkenntnis seiner Unfähigkeit, sich verstellen zu können, machte ihn noch nervöser als er schon war. Sein Herz klopfte jetzt so laut, daß er fürchtete, man könnte es hören. ›Wenn ich bloß einen Augenblick anhalten könnte.‹ Aber es war Halteverbot, und er durfte um gar keinen Preis auffallen.

Wie es den beiden im Tank wohl geht? Hoffentlich kriegen sie genug Luft. Er würde gleich hinter der Grenze die Luke aufmachen und sie mit einer Leiter herausholen. Er würde sie mitnehmen zu sich nach Hause. Vielleicht kannten sie ja auch jemanden im Westen. ›Verrückt‹, dachte er, ›ich setze mein Leben aufs Spiel und kenne sie nicht einmal.‹

Am Ende der Straße lagen rechts und links die Grenzhäuser. Ein Volkspolizist stieg zu ihm aufs Trittbrett und sagte:

»Guten Morgen, Genosse.«

Grunau reichte seinen Passierschein durch das heruntergedrehte Fenster. Dann fuhr er an den ersten Kontrollpunkt heran. Er sah die schräggestellten Spiegel auf der Straße, mit denen sie unter seinen Wagen sehen konnten.

»Was zu verzollen?« fragte der Vopo.

Er kam an das Fahrerhaus und sah sich suchend um.

»Machen Sie mal den Sitz hoch«, sagte er.

Grunau klappte, wie eine Marionette, alles auf und zu. Als er vom Wagen kletterte, mußte er sich einen Augenblick gegen das Schutzblech des Vorderrades lehnen. Seine Knie waren weich wie aus Schaumgummi. Er sah in lauter neue Gesichter.

Sie hatten die Grenzer ausgetauscht. Ein Offizier mit einer randlosen Brille, wie Schubert sie trug, sagte:

»Gehen Sie erstmal hinein zur Paßkontrolle. Wir sehen uns den Wagen später an.«

Grunaus Beine gingen in die Baracke. Er schob seinen Paß unter der Schalterscheibe hindurch, hinter der eine uniformierte Volkspolizistin saß und ihn kritisch musterte. Dann hockte er auf einer Bank und wartete. Er glaubte zu wissen, worauf. Er hatte fast hundertmal in dieser Baracke gesessen und gewartet. Ob sie Barbara benachrichtigen werden? Dann fiel ihm ein, daß Sabine nach zwölf Jahren schon sechzehn sein würde. Er begann umherzulaufen. Wenn er am Fenster vorbeikam, sah er die Vopos, die bei seinem Wagen standen. Das Blut rauschte in seinen Ohren. Einen Augenblick dachte er daran, einfach wegzulaufen. Doch dann erinnerte er sich an die Brille im Fenster des zerschossenen Wagens. Er bekam Herzstiche und kauerte sich auf die Holzbank.

›Das dauert ja eine Ewigkeit‹, dachte er. Als er herauskam, sagte der Offizier:

»Sie fahren regelmäßig?«

»Ja«, sagte Grunau und erschrak vor der Fremdheit seiner Stimme. »Dreimal die Woche.«

»Sie fahren Zement nach West-Berlin und kommen leer zurück?«

»Ja«, sagte Grunau und dachte: ›Bis auf heute.‹

»Machen Sie mal einen Tank auf.«

Grunau stieg auf den Anhänger und öffnete den ersten Tank. Ein junger Soldat kletterte hinter ihm her und leuchtete in den Druckbehälter. Der Schein der Taschenlampe kroch über den staubigen Stahl.

»Nichts«, sagte er.

Der Offizier sagte: »Gut, dann den anderen.«

Grunau ging wie ein Schlafwandler auf dem Dach des Anhängers hinüber zu dem zweiten Tank. ›Es war idiotisch‹, dachte er, ›das Ganze war idiotisch.‹

Kurz bevor er die Luke erreichte, verlor er das Gleichgewicht und kippte zur Seite. Er schlug mit dem Kopf auf den Stahl und rutschte hinab auf die Straße, wo er halbbetäubt liegenblieb. Der junge Soldat sprang vom Anhänger. Die anderen liefen um den Wagen herum und halfen Grunau auf die Beine. Eine breite Platzwunde lief von der linken Augenbraue zum rechten Haaransatz. Grunau spürte, wie ihm das warme Blut über das Gesicht rann.

»Los, schnell, die Krankenschwester«, rief der Offizier.

»Ich brauche keine Schwester«, wehrte Grunau ab.

Alles um ihn herum drehte sich. Sie brachten ihn in einen Raum der Baracke. Eine Schwester bepinselte seine Stirn mit Jod und legte ihm einen Kopfverband an.

»Sie sollten heute nicht weiterfahren«, sagte sie. »Bleiben Sie hier liegen und ruhen Sie sich aus.«

»Nein«, sagte Grunau, »das geht nicht. Ich habe es nicht mehr weit, ich muß nach Helmstedt.«

Als er aufstand, begann sich wieder alles im Kreis zu drehen. Er stolperte hinaus zu seinem Wagen. Zwei Volkspolizisten halfen ihm ins Fahrerhaus, und der Offizier fragte:

»Alles in Ordnung, Genosse?«

Grunau versuchte zu lächeln.

»Ja, ja, halb so schlimm.« Er drehte den Zündschlüssel herum und fuhr dann mitten hinein in das Flimmern vor seinen Augen. »Mein Gott«, sagte er, »mein Gott, ich danke dir.«

Als Grunau erwachte, lag er in einem hellen, sonnigen Zimmer. Eine Krankenschwester saß an seinem Bett und sagte:

»Na, Sie Langschläfer?«

Grunau wollte sich aufrichten und spürte den

stechenden Schmerz in seiner Stirn. Er griff sich an den Kopf und fühlte den Verband. Da fiel ihm alles wieder ein. »Bin ich im Westen?«

»Aber ja«, lachte die Schwester, »Sie sind in Helmstedt.«

»Und wo ist mein Wagen?«

»Draußen ist ein Herr von den Vereinigten Zementwerken, der Sie besuchen möchte. Wenn Sie mir versprechen, schön liegenzubleiben, können Sie ihn sprechen.«

Die Schwester ging hinaus, und ein grauhaariger alter Herr kam ins Zimmer.

»Mensch, was drehen Sie bloß für Dinger? Sie haben uns allen einen ganz schönen Schrecken eingejagt.«

»Was ist denn passiert?« fragte Grunau.

»Das wollte ich eigentlich von Ihnen hören.«

»Ich bin drüben auf der anderen Seite der Grenze bei der Wagenkontrolle vom Anhänger gefallen. Mehr weiß ich nicht. Ich kann mich nicht erinnern, wie ich hierher gekommen bin.«

»Sie sind im Westen angekommen, haben den Wagen vorschriftsmäßig gestoppt und sind dann über dem Steuer zusammengeklappt. Die Zollbeamten haben bei uns in der Firma angerufen, und wir sind mit zwei Mann rübergefahren, und ich habe Sie hierhergebracht.«

»Wann war das?« fragte Grunau.

»Na, heute morgen gegen sieben.«

Grunau versuchte, auf seine Armbanduhr zu sehen.

»Hübsch liegenbleiben, es ist jetzt fünf Uhr nachmittags.«

»Was ist mit Schuberts?« fragte Grunau.

»Was für ein Schubert?«

»Die beiden Leute in dem zweiten Tank?«

Der alte Herr sah ihn besorgt an.

»Was ist mit den beiden?« fragte Grunau.

»Mit welchen beiden?«

»Na, mit Herrn Schubert und seiner Frau. Habt ihr sie nicht herausgeholt? Wo sind sie jetzt?«

Grunau versuchte, sich aufzurichten. Der alte Herr drängte ihn sanft zurück.

»Habt ihr sie denn nicht herausgeholt?«

»Aber wo denn herausgeholt?« fragte der alte Herr, und er sah ängstlich nach der Tür und winkte der Schwester.

»Na, aus dem zweiten Tank aus dem Lastzug.«

»Ach, Sie machen sich Sorgen um den Lastzug«, sagte der alte Herr. »Dem ist nichts passiert. Ihr Kollege Vogt hat ihn sofort ins Werk gefahren, dort haben sie ihn neu gefüllt. Er ist schon wieder unterwegs.«

Grunau sah ihn mit weit aufgerissenen Augen an.

Es war einen Augenblick totenstill im Raum, dann schrie er.

»Es steht doch schlimmer um ihn, als wir gedacht haben«, sagte die Schwester.

Requiem für einen Affen

Er stand auf der Veranda und goß die Geranien. Sie blühten dieses Jahr in einem prächtigen Rot. Pater Ruoccos Hände glitten mit liebevoller Gebärde über die Feuerköpfe dahin. Der Frühling war zeitig gekommen. Pater Ruocco konnte durch das üppig wuchernde Rankenwerk des Weines die Silhouette des Vesuvs erkennen. Der alte Herr sah hinab auf die Marina Grande, den Hafen von Capri, wo die Fischer in der Frühlingssonne ihre Boote neu teerten. Bald würden mit den ersten Staren aus dem Süden auch die ersten Touristen aus dem Norden kommen.

In der Via Caterola scheuerte Antonio seine Gartenstühle und sang dazu in breitem neapolitanischem Dialekt.

Pater Ruocco breitete seine Arme weit auseinander wie ein Verkehrsschutzmann und atmete die frische Brise, die vom Golf heraufwehte, tief ein. Es war über Nacht Frühling geworden. Der alte Herr sah, wie die Tauben auf der Weinlaube der Trattoria balzten, und er lächelte.

Die Tür zu seinem Arbeitszimmer stand weit offen. Barbarossa streckte sich auf dem Schreibtisch, so daß man glaubte, die Knochen knacken zu hören. Barbarossa war Pater Ruoccos Liebling. Er war ein großer, kräftiger Kater, dessen Fell so schwarz in der Sonne glänzte wie die Soutane von Pater Ruocco. Barbarossa legte sich auf die geöffnete Heilige Schrift und begann, seine Pfoten zu lecken. Da das nun doch bei allem Frühlingstaumel zu weit ging, verscheuchte Pater Ruocco ihn von den Worten des Herrn, indem er mehrmals in die Hände klatschte. In diesem Augenblick bog die alte Fanny Aprea, die Briefträgerin, um den Terrassenpfeiler und starrte verwundert auf den händeklatschenden geistlichen Herrn. In ihrer bald vierzigjährigen Amtszeit war das der erste Auftrittsapplaus, der der alten Signora jemals zuteil geworden war. Pater Ruocco strich sich, wie ein ertappter Schuljunge, ein wenig verlegen und unbeholfen über sein graues Schläfenhaar und sagte:

»Ja, Fanny, es ist wieder Frühling.«

Und so, als wollte er das Gesagte mit einem gewohnten Amen bekräftigen, klatschte er gleich noch einmal vergnügt in die Hände. Er schob für die alte Aprea einen geflickten Korbsessel an den grün gestrichenen Gartentisch und beäugte neugierig die große Ledertasche, die die alte Aprea so umgehängt hatte, daß die Briefe und Päckchen wie liebebedürftige Säuglinge an ihrem üppigen Busen lagen.

Aber die alte Postdienerin ließ sich Zeit. Sie lehnte sich in dem angebotenen Korbsessel weit zurück und sagte:

»Madonna, der Frühling kommt zeitig dieses Jahr. Dann werden auch die Touristen früh kommen, und es wird ein gutes Jahr werden. Der alte Giuseppe hat gestern abend bereits die ersten Stare in seinem Garten gesehen. Ich spüre den Frühling in meinen Beinen. Das Treppensteigen fällt mir schwer, wenn das Wetter umschlägt. Und, Santa Maria Grazia, ausgerechnet jetzt kriegt der Dottore Don Scognamiglio fast jeden Tag einen Brief. Wissen Sie, was das heißt, Hochwürden? Das sind 267 Stufen bis hinauf zum Dottore. Und dann sind die Briefe auch noch von der Signora Theresa aus Firenze, dieser toskanischen Schlampe, die voriges Jahr allen Mannsleuten den Kopf verdreht hat, mit nackten Armen zum Hochamt kam und den ganzen Tag wie eine Deutsche halbnackt unten am Strand lag.«

Pater Ruocco nickte mit dem Kopf, aber er war nicht bei der Sache. Sein Blick hing so fragend an der Postbotentasche, daß die alte Fanny Aprea mit flinken Fingern einen weißen Briefumschlag hervorzupfte und dem Geistlichen feierlich überreichte. Pater Ruocco bekam nicht oft Post. Die Leute von der Insel kamen zu ihm, wenn es etwas zu besprechen gab, und zum Festland hatte er nur noch wenige Verbindungen.

Der Brief war von Maria, seiner schon früh verwaisten einzigen Nichte aus Rom, die ihm sonst nur zu Weihnachten schrieb. Es mußte etwas Ungewöhnliches geschehen sein.

Als nach einer Weile, die Pater Ruocco so lang wie die beiden Bücher Moses erschien, die alte Aprea sich auf den steilen Weg zum Dottore Don Scognamiglio gemacht hatte, lief er mit flinken Schritten ins Haus, um nach seiner Lesebrille zu suchen. Noch im Laufen schob er sie sich auf die gerötete Nase. Er öffnete den Umschlag mit dem Stiel seines Kaffeelöffels und begann zu lesen:

Lieber Onkel,

Wie Du weißt, arbeite ich seit Abschluß meines Studiums als Tierärztin im Zoologischen Garten der Stadt Rom. Gemeinsam mit dem Zoologischen Institut für angewandte Genetik der Universität arbeiten wir seit acht Jahren an einer Verbesserung der künstlichen Besamung bei Säugetieren. Das Thema mag Dir als Theologe vermessen erscheinen, aber vom Standpunkt der naturwissenschaftlichen Grundlagenforschung ist das Gebiet der künstlichen Besamung von ungewöhnlicher Wichtigkeit. Kirche und Rechtswissenschaften werden sich mit dem Problem der künstlichen Besamung so unausweichlich zu befassen haben, wie sie es mit dem neuen Weltbild des Kopernikus zu tun hatten. Und wie im Falle des Kopernikus hinken sie mit ihrer ethischen Interpretation weit hinter der wissenschaftlichen Erkenntnis her. Verzeih mir, lieber Onkel, ich will Dich nicht verletzen. Ich will vielmehr versuchen Dir klarzulegen, wie selbstverständlich und jenseits von Gut und Böse ich diese Dinge betrachte.

Seit einem dreiviertel Jahr haben wir uns besonders mit der künstlichen Besamung von Menschenaffen beschäftigt. Es ist sehr selten, daß sich Gorilla, Schimpanse oder Orang-Utan in der Gefangenschaft paaren, so daß man immer wieder auf Tierfänge aus den äquatorialen Urwaldgebieten angewiesen ist, was nicht nur Zeit und Geld erfordert, sondern auch mit dem Fortschreiten der menschlichen Zivilisation in diesen Gebieten immer seltener glückt. Da der Primat dem Menschen in psychischer und physischer Veranlagung am nächsten steht, bedienen sich Verhaltensforschung, Medizin und in letzter Zeit sogar die Weltraumforschung immer mehr des Menschenaffen als Forschungsobjekt. Besonders die künstliche Besamung von Gorillas erwies sich mit Hilfe einer sorgfältig aufgestellten Berechnung der Empfängnisbereitschaft des Weibchens als äußerst erfolgreich. Während der unfruchtbaren Wartezeit wurde der männliche Samen, den man uns aus vielen Zoologischen Gärten der Welt zuschickte, in meinem Labor in einem eigens dafür hergestellten Kühlaggregat aufbewahrt. Ich erzähle Dir das alles, lieber Onkel, weil es von größter Wichtigkeit für das Verständnis des folgenden Geschehens sein wird. Vor etwa einem Jahr brachte mir Professor Gonzola ein Reagenzglas mit menschlichen Spermen. Wir benötigten es für einen Vergleich mit männlichen Primaten-Keimzellen. Wir arbeiteten zu der Zeit an einer Untersuchung über den Bewegungsablauf von Spermen in unterschiedlichen basischen Verdünnungen, wobei wir auch den Menschen mit einbezogen. Ich bewahrte das Reagenzglas, das mir Professor Gonzola gebracht hatte, in dem schon erwähnten Kühlschrank meines Labors auf. Was nun geschah, kann ich nur schwer in Worte fassen, und ich bin sicher, Du wirst mich nicht verstehen.

Ich war niemals so etwas wie eine Schönheit. Die jungen Männer haben sich immer mehr für meine Freundinnen interessiert als für mich. Ich habe als junges Mädchen sehr darunter gelitten. Mit meinem Sprachfehler und der Brille, die ich seit frühester Kindheit trage, schien ich wohl niemals einem jungen Mann begehrenswert. Und je mehr ich mir

Mühe gab zu gefallen, um so tolpatschiger mußte ich erscheinen. Ich wurde immer menschenscheuer und weltfremder. Meine Mädchenjahre waren alles andere als glücklich. Erst durch das Studium fand ich mein völlig verlorengegangenes Selbstbewußtsein wieder. Wenn meine Kommilitoninnen zu Tanzvergnügungen gingen, dann saß ich über meinen Büchern und glühte vor Besessenheit. Wie Du weißt, habe ich dann mein Abschlußexamen mit »summa cum laude« bestanden, der höchsten Auszeichnung, die je an eine Frau von der Universität Bologna vergeben worden ist. Meine wissenschaftliche Betätigung hatte mir geholfen, zu mir selbst zurückzufinden. Ich verlor allmählich meinen Sprachfehler, der nur eine äußere Erscheinung meiner Hemmungen war. Meine wissenschaftliche Arbeit wurde mehr und mehr zur Erfüllung meines Lebens.

Heute weiß ich, daß es nur ein Ersatz war, ein Narkotikum, das mich für eine Weile hatte vergessen lassen, daß ich eine Frau bin. Manchmal hatte ich mich schon damals danach gesehnt, ein Kind zu haben, aber dann hatte ich mich damit getröstet, daß ja alle die kleinen Geschöpfe, die ich in meinem Besamungslabor umhegte, so etwas wie meine Kinder waren, die mich brauchten und für die ich lebte. Es genügte mir damals, ja, ich war sogar glücklich. Das alles änderte sich mit dem Tag, an dem Professor

Gonzola mir die menschlichen Spermen brachte. Sie übten vom ersten Tag an eine unheimliche Magie auf mich aus. Ich, die ich Tausende von experimentellen Besamungen vorgenommen hatte, wobei ich wie eine Biene neutrale Vermittlerin zwischen den Geschlechtern war, fühlte mich mit einem Male nicht mehr als außenstehendes experimentierendes Subjekt, sondern als ein Objekt meines Handelns. Diese Keimzellen waren nicht nur Versuchsmaterie, sondern die letzte Erfüllung meiner geheimsten Sehnsucht.

Heute weiß ich, daß ich im Unterbewußtsein immer nur mit dem Ziel gelebt habe, das Mysterium der Mutterschaft in mir selbst zu erleben. Mit jeder Faser meines Herzens hatte ich mich danach gesehnt, eine Frau zu sein. Aber ich hatte mich so fest vergraben in meine wissenschaftliche Arbeit, der ich eine alles verdrängende Bedeutung zumaß, daß das urgeheime Feuer meiner weiblichen Natur in mir erloschen war wie ein toter Vulkan.

Seit dem Tag, an dem mich Professor Gonzola aufgesucht hatte, bekam mein Leben eine faustische Wendung. Und so, wie Faust am Ostermorgen vor der Phiole mit Gift steht und mit der Versuchung ringt, den geheimnisvollen Saft zu nehmen, so saß ich stundenlang vor dem Reagenzglas mit den Spermen, manchmal sogar mitten in der Nacht. Eine unerklärliche Kraft ging von dem chemischen Gefäß aus, und ich unterlag seinem Zauber mehr und mehr. So, wie es eine unerklärliche Anziehungskraft zwischen den Geschlechtern gibt, so verband mich ein unergründliches Spannungsfeld mit dem Lebenselixier in dem Reagenzglas, nach dem ich mich bis zur Unerträglichkeit sehnte. Ich vermag heute nicht mehr zu sagen, ob ich mich damals in einem Zustand krankhafter Überspanntheit befand. Jedenfalls war die Urgewalt, die von dem Zeugungselement ausging, so mächtig, daß meine Vernunft dem Orkan meiner Triebe unterlag. In der Nacht vom 12. zum 13. Juni des vergangenen Jahres öffnete ich das Gefäß. Ich hatte jede Gewalt über meine Handlung verloren. Der verloschene Vulkan meines Unterbewußtseins zerbarst mit der Gewalt verglühender Sonnensysteme, riß mich mit sich und vergrub mich unter seiner glühenden Lava. Ich weiß, daß Du das Geschehen jener Juninacht nicht verstehen wirst. Ich habe es selbst nie begriffen. Aber ein tiefes Glück brannte seitdem in meinem Herzen. Ich war niemals zuvor so glücklich wie in der darauffolgenden Zeit, in der ich das neue Leben in mir spürte. Es schien mir unwichtig, wie es gezeugt worden war. Ja, es erschien mir sogar weit weniger sündhaft, als hätte ich es in den Armen eines Mannes empfangen, mit dem mich nichts weiter verbunden hätte. Meine wissenschaftliche Arbeit war mir immer als etwas Großartiges und Reines erschienen, das ich sehr ernst nahm. Nur hatte ich mich ihr so verschrieben, daß ich darüber die Natur meines Geschlechts vergessen und verdrängt hatte. Nun waren diese beiden scheinbaren Gegensätze meines Wesens zu einer Einheit verschmolzen. Über den ungewöhnlichen Ursprung meiner Mutterschaft setzte ich mich leichtfertig hinweg, indem ich mir sagte, daß die künstliche Besamung in den Vereinigten Staaten seit vielen Jahren ein erlaubter Bestandteil der Familienplanung ist. Ich wußte, daß die Spermen nur von einem ausgesucht gesunden jungen Mann stammen konnten, da es sich bei den Versuchsreihen um eine vergleichende Untersuchung des maximalen Bewegungsablaufes von Spermen handelte. Da wir nur die Samenfäden von ausgesucht gesunden jungen Affen verwandten, hätte die Versuchsreihe ungenaue Resultate ergeben, wenn es sich nicht auch um einen ungewöhnlich erbgesunden Menschen gehandelt hätte.

Lieber Onkel, als Priester werden Dich meine sachlichen Erwägungen entsetzen. Aber ich habe fast ein Drittel meines Lebens mit Zuchtproblemen verbracht. Ich stimme mit den Eugenikern darin überein, daß es verkehrt ist, daß man Hunden und Pferden eine strenge Zuchtauswahl widmet, aber das Entstehen des Menschen einer chaotischen Zufälligkeit überläßt.

Christliche oder moralische Skrupel vermochten mich also nicht zu belasten, und vor dem Gerede der Leute glaubte ich mich in einer Großstadt wie Rom sicher. Zudem bewohne ich, wie Du ja weißt, ein eigenes kleines Haus am Rande des Zoologischen Gartens, in dem ich nur selten Besuch empfange und in dem ich ohne Dienstpersonal lebe. Aber ich glaube, ich dachte gar nicht wirklich an später. Ich lebte nur mit dem Glücksgefühl einer werdenden Mutter. Bereits im vierten Monat war meine Schwangerschaft so weit fortgeschritten, daß ich nicht mehr in der Lage war, meine gewöhnliche Kleidung zu tragen, und mich genötigt sah, mir mein erstes Umstandskleid zu kaufen. Ich trug es so stolz wie eine Königin ihren Hermelinmantel. In meinem weiten Laborkittel sah man mir meinen Zustand noch nicht an. Ich hatte beschlossen, mich die letzten beiden Monate völlig zurückzuziehen mit der Absicht, meine Doktorarbeit zu Hause abzuschließen. Ich beendete dann aber meine Laborarbeit schon einen Monat früher, weil mein Gesundheitszustand immer erbärmlicher wurde. Seit Ende des 6. Monats spürte ich die Bewegungen des Ungeborenen so heftig, daß ich mit einer Frühgeburt rechnete. Daheim bereitete ich mit viel Liebe alles auf die Ankunft meines kleinen Sohnes vor. Obwohl ich mir ganz sicher war, daß es ein Sohn werden würde, hatte ich doch zur Vorsicht Windeln, Kleidung und Babykörbchen in Hellblau und Rosa vorbereitet, denn ich wollte bei meinem ersten und wahrscheinlich einzigen Kind alles ganz richtig machen und nichts versäumen. Obwohl ich mich in einem Zustand dauernden Übelseins befand, war ich glücklich wie nie zuvor. Vor lauter Erwartung vergaß ich alle Angst vor der Geburt, die nicht leicht werden würde, da ich mir vorgenommen hatte, das Baby allein zur Welt zu bringen, so wie ich es allein gezeugt hatte. Drei Monate früher als erwartet, am 23. Dezember, morgens um vier Uhr, setzten die ersten Wehen ein, und ich begann, mich auf die Geburt vorzubereiten. Als die Wehen in immer kürzeren Abständen folgten, legte ich mich so nieder, daß ich mit Hilfe eines Spiegels in der Lage sein würde, die einzelnen Phasen der Geburt genauestens zu verfolgen. Ich war ohne Angst und erfüllt von freudiger Neugier.

Was nun folgt, ist so entsetzlich, daß es sich nur schwer in Worte fassen läßt. Ich beobachtete mit der gleichen wissenschaftlichen Geübtheit, mit der ich Hunderte von Geburten bei einer Vielzahl von verschiedenen Versuchstieren überwacht hatte, wie sich der kleine Kopf meines Kindes hervorzwängte.

Er war ungewöhnlich klein. Nach und nach drängte sich im Rhythmus der Wehen das Neugeborene immer mehr aus mir heraus. In dem Spiegel zu Füßen meines Bettes sah ich zu meinem Entsetzen, wie das Geschöpf, das ich zur Welt brachte, so behaart war wie ein Affenjunges. Ich trennte mit eigenen Händen die Nabelschnur und hielt einen Affen mit dem unschuldigen Gesicht eines Säuglings in meinen Armen. Ich weinte und lachte vor Glück und Verzweiflung und war nahe daran, den Verstand zu verlieren. Dann fiel ich in einen totenähnlichen Schlaf, aus dem ich erst am Abend wieder erwachte.

Das erste, was ich bei meinem Erwachen gewahrte, war, daß mein kleiner Sohn vom Bett hinunter auf die Erde gekrabbelt war und mir von dort mit erstaunten Augen seine beiden kleinen behaarten Arme entgegenstreckte. Ich legte ihn in den Korb mit dem hellblauen Bezug. Ich saß die ganze folgende Nacht an seinem Körbchen und weinte vor fassungslosem Schmerz. Das kleine Geschöpf lag in seinem Korb und sah mich mit erstaunten Augen an. Nachdem ich mich endlich beruhigt hatte, nahm ich meinen kleinen Sohn und legte ihn an meine Brust. Er trank mit so kindlicher Gebärde, daß ich meinen Schmerz vergaß und ihn auf meinen Armen wiegte, bis er einschlief. Dann ging ich hinüber in mein Laboratorium. Die vertraute wissenschaftliche Atmosphäre gab mir mein Gleichgewicht zurück. Meine Gedanken arbeiteten wieder klar und logisch. Etwas Entsetzliches war geschehen. Ich hatte in jener Nacht vom 12. zum 13. Juni die menschlichen Spermen mit den Spermen eines Primaten, vermutlich mit denen eines Gorilla-Männchens, vertauscht. Man weiß seit langem, daß eine Kreuzung von Primaten und Menschen möglich ist, da Mensch und Menschenaffe den gleichen Chromosomensatz haben. Aber niemand, nicht einmal die Faschisten und Kommunisten, haben meines Wissens jemals dieses frevelhafte Experiment gewagt, zu dessen Versuchsobjekt ich mich selbst gemacht hatte. Das Kind, das drüben in der Wiege schlief, war sowohl Tier als auch Mensch. Es war beides und keines von beiden. Mir wurde sofort klar, daß damit Probleme verbunden waren, die alle festgefügten kirchlichen, philosophischen und juristischen Ordnungen und Gesetze über den Haufen werfen würden.

War mein Kind ein Tier, das man verkaufen, jagen oder schlachten durfte? Oder stand es unter dem Schutz der menschlichen Justiz? Hatte es nach dem Kodex unserer Kirche eine unsterbliche, menschliche Seele, die der Sakramente bedurfte? Würde dieser Halbmensch im Affenpelz jemals einen Platz in der menschlichen Gesellschaft finden, oder würde mein Sohn sein Leben unter den Tieren des zoologischen Gartens verbringen? Eine Lawine von Fragen und Zweifeln brach über mich herein. Eine ganze Welt hätte sich über die Probleme im Niemandsland zwischen Mensch und Tier den Kopf zerbrechen können. Ich aber hatte sie ganz alleine zu bewältigen, denn ich konnte mich keinem Menschen anvertrauen. Ich dachte auch daran, das Neugeborene sofort zu töten. Aber ich hatte mich zu sehr auf mein Kind gefreut, als daß ich die Kraft dazu gefunden hätte. Und während ich durch mein Labor lief und grübelte, begannen von allen Hügeln der Heiligen Stadt die Glocken zu läuten, so als hätten sie gewußt, daß es ein ganz besonderer Tag war, der Tag einer ungewöhnlichen Geburt eines ungewöhnlichen Kindes, und dann fiel mir ein, daß es Weihnachten war, was die Glocken verkündeten. Es war Heiligabend. Zum ersten Mal in meinem Leben hatte ich es fast vergessen. Die Glocken läuteten, und ich sehnte mich danach, wieder ein Kind zu sein, frei von Schuld und Verantwortung. Ich sehnte mich nach der jubelnden, kraftvollen Freude des Weihnachts-Evangeliums. Ich sehnte mich nach der Christmesse in der Chiesa Santa Maria della Grazia, in der ich, seit ich in Rom bin, jede Weihnacht verbracht hatte. Aber ich war einen Tag nach der Geburt noch zu schwach, das Haus zu verlassen.

Ich ging hinüber zu meinem Sohn. Er war wach

und sah mit seinen großen, glänzenden Augen zur Decke empor, so als sähe er den Stern der drei Weisen aus dem Morgenland über unserem Haus. Ich nahm ihn auf meinen Schoß und sang ihm alle Weihnachtslieder, die ich wußte. Ich sang von den Engeln und den Hirten auf dem Feld und von Maria und dem neugeborenen Kind. Und mit einem Mal wurde mir die Ähnlichkeit meiner Situation mit der von Bethlehem bewußt. Nicht weil ich Maria hieß, Millionen von Mädchen heißen so, und nicht weil ich genau zu Weihnachten Mutter geworden war. Ich hatte ein Kind geboren, wie es noch nie ein Mensch zur Welt gebracht hatte. Es war eine jungfräuliche Zeugung gewesen. Und so wie Christus als Mittler zwischen Gott und den Menschen von eines Menschen Weib geboren worden war, so hatte ich den Mittler zwischen Mensch und Tier geboren. Christus hatte den Menschen von der Erbsünde erlöst und ihn emporgehoben zur Teilhaftigkeit göttlicher Gnade. Mein Sohn war geboren und hatte das Tier von seiner tierhaften Seelenlosigkeit erlöst und es emporgehoben zur Teilhaftigkeit menschlicher Persönlichkeit.

In jener Nacht, in der man in allen Kirchen der christlichen Welt die wunderbare Geburt Marias besang, trug ich wie eine Madonna den Neugeborenen auf meinem Schoß. Die Kerzen brannten immer tiefer, und der neue Tiermensch formte fremde, rätselhafte Worte aus der Welt der Sphinxe und Zentauren.

Es fehlen mir die Worte, lieber Onkel, diese entsetzlichen Dinge im einzelnen zu schildern, so wie mir die Tränen fehlen, sie zu beweinen. Es gibt nur noch einen Weg, das Unheil aufzuhalten. Es ist für meinen Sohn der einzige Ausweg aus einem Leben zwischen zwei Welten, in das ich ihn ungewollt hineingeboren habe. Ich vermag nicht, mit der entsetzlichen Last meiner Schuld weiterzuleben. Ich bete zu Gott, er möge mir helfen, die Todsünde zu tragen, die ich nicht gewollt habe. Ich wage nicht, um Vergebung zu beten. Bete für mich.

Deine Maria

Die letzten Zeilen waren so flüchtig und fast unleserlich zu Papier gebracht worden, als habe die Schreiberin es sehr eilig gehabt, den Brief zu vollenden.

Pater Ruocco saß mit dem entfalteten Briefbogen auf seinem Schoß unbeweglich da. Dann schlug er ein Kreuz und ging ins Haus, um seine Reisetasche zu packen. Der Brief war vor vier Tagen in Rom abgeschickt worden. Pater Ruocco wußte, daß er zu spät kommen würde, als er mit der Zahnradbahn zum Hafen hinunterfuhr.

Das Haus seiner Nichte lag friedlich in der Frühlingssonne. Die Haustür war nur angelehnt. Pater Ruocco ging hinein, ohne anzuklopfen. Zwei Männer saßen im Arbeitszimmer. Einer tippte einen Bericht auf der Schreibmaschine, die Pater Ruocco einmal seiner Nichte geschenkt hatte. Der andere hatte die Füße auf dem Tisch und kaute an einem Bleistift.

»Sie kommen zu spät, Hochwürden. Die Dame des Hauses wurde heute morgen beerdigt.«

»Ich weiß«, sagte Pater Ruocco.

»Haben Sie sie gekannt?«

»Ja«, sagte Pater Ruocco, »ich bin ihr Onkel.«

Dann nahm der Mann an der Schreibmaschine den Hut vom Kopf und der andere die Füße vom Tisch.

»Wissen Sie, warum sie es getan hat?« fragte der Inspektor.

»Gottes Wege sind oft rätselhaft und verschlungen«, flüsterte Pater Ruocco.

»Wissen Sie, wo man sie begraben hat?«

»Auf dem kleinen Friedhof bei der Chiesa Santa Maria della Grazia«, erwiderte der Inspektor.

In der Tür drehte sich Pater Ruocco noch einmal um und fragte: »War sie allein? Ich meine: War sie allein, als man sie fand?«

»Ja«, sagte der Inspektor, »sie war allein. Nur dieser Affe war bei ihr. Sie hatte auch ihn vergiftet.«

»Können Sie mir sagen, was aus ihm geworden ist?« fragte der Pater.

»Sie haben ihn abgeholt.«

»Wer hat ihn abgeholt?«

»Die vom Zoologischen Institut. Sie wollten ihn ausstopfen. Er soll ein ganz seltenes Exemplar sein, riesengroß mit blondem Fell. Na, Ihre Nichte soll ja so etwas wie eine Kapazität auf dem Gebiet gewesen sein.«

»Ja, das war sie«, bestätigte Pater Ruocco.

Draußen auf der Straße blieb er stehen und sagte: »Mein Gott, wie entsetzlich, ausgestopft, sie haben ihn ausgestopft!«

Am folgenden Sonntag wurde in der Chiesa San Michele, der katholischen Kirche von Capri, eine Totenmesse für Marco Ruocco, den Großneffen von Pater Ruocco, gelesen.

Es war dieses das erste Requiem für einen Affen.

Die wundersame Reise des Abu Kathan

Abu war das vierte von zwölf Kindern, die die Bäuerin Rama Kathan in Abständen von einem Jahr zur Welt gebracht hatte. Ihr Leib schien so fruchtbar wie der Schlamm des Brahmaputra. Abu Kathan hatte seine Kindheit auf den väterlichen Reisfeldern verbracht, erst spielend, dann helfend und schon bald schwer arbeitend. Nachdem die Ruhr den Vater und drei seiner Geschwister dahingerafft hatte, trug er als ältester männlicher Familienangehöriger die Verantwortung für alle. Wenn die Ernte gut war, litten sie keine Not. Die heiligen Kühe hatten ein glänzendes Fell und muhten zufrieden, wenn die Menschen den Überschuß der Felder mit ihnen teilten.

Wenn aber das Hochwasser ausblieb oder die Flut die keimenden Reis-Sprößlinge zerstörte, dann begann die Not.

Die Familie war nach indischen Maßstäben nicht arm. Sie hatten fruchtbares Land und Nachkommen, die es bestellten. Und wenn auch die Ratten, die sie nicht antasteten, weil in ihnen die Seelen der Verstorbenen wohnten, ein Fünftel der Ernte fraßen, so blieb doch meistens genug für alle. Sie hatten kein Einkommen, welches ihnen erlaubt hätte, Geld zu verdienen und zurückzulegen. Abu konnte sich nicht daran erinnern, während seiner Jugend jemals eine Münze im Haus der Eltern erblickt zu haben. Ihre Währung waren der Reis und ihre Arbeitskraft. Die Dinge des täglichen Gebrauches fertigten sie aus Bambus und Weidenholz. Die Frauen formten aus dem gelben Schlamm des Flusses Töpfe, und die Männer webten aus dem Haar der zahmen Ziegen warme Decken. Zwar war die Hütte, die sie unweit eines Nebenarmes des Flusses errichtet hatten, eng, aber sie waren dort geboren und zu Hause, und wenn das Gedränge einmal wieder unerträglich schien, dann pflegte Großmutter die Geschichte von dem armen Reisbauern zu erzählen, der zu dem Brahmanen ging, um ihm sein Leid zu klagen:

»O Weiser, was soll ich tun? Mein Haus ist zu klein, und der Menschen sind zu viele unter meinem Dach. Der Lärm tötet meinen Frieden und der Geruch meine Sinne.«

Da sagte der Brahmane:

»Nimm deine Schwiegereltern zu dir ins Haus.« Nach einer Woche kam der Bauer und jammerte noch schlimmer. Da sprach der Weise:

»Hol deine Ziegen ins Haus«, und nach einer

weiteren Woche: »Nun nimm auch noch die Hühner und die Enten zu dir.«

»Es ist unerträglich«, sagte der Bauer, als er nach einer Woche wiederum zum heiligen Brahmanen kam, um ihm sein Leid zu klagen.

»Ich habe getan, wie du mir befohlen. Mein Haus ist nun gedrängt voll, es ist unerträglich dort.«

Da sprach der Weise: »Nun schick sie alle wieder fort.«

Der Bauer aber kam noch am gleichen Tag zurück, um dem Brahmanen zu danken. »Oh, es ist herrlich jetzt in meinem Haus. Wir haben Raum wie noch nie zuvor. Ich danke dir für deine Lehre.«

Nichts im Leben des Abu Kathan wies darauf hin, daß er einmal eine Reise von vielen tausend Meilen, halb um die Erde, unternehmen würde. Bis zu seinem neununddreißigsten Lebensjahr hatte er sich niemals weiter als vier Wegstunden von seinem Gehöft entfernt. Das war die Entfernung zu dem Wochenmarkt von Rhandan, auf dem er mehrmals im Jahr seine Hühner verkaufte. Abu hatte niemals in einem Kraftwagen gesessen, niemals eine Eisenbahnfahrt unternommen oder gar ein Flugzeug aus der Nähe gesehen. Er hatte weder das Meer noch die Berge kennengelernt. Trotzdem hatte er nie das Gefühl, etwas versäumt zu haben.

Es war drei Tage nach seinem neununddreißigsten

Geburtstag, als er dem weitgereisten Sahib auf dem Marktplatz von Rhandan begegnete. Dieser kaufte zwei Hühner von ihm und lud ihn dann zu einer Schale Tee ein. Als er ihm das Geschäft mit der Reise nach Europa vorschlug, lehnte Abu zuerst ab, besann sich dann aber und zögerte noch lange. Die Reisernte war schlecht gewesen. Der Hunger klopfte wieder einmal an ihre Türen, und es würde wieder Tote geben. Nomi war zum siebenten Mal schwanger und geschwächt vom Sumpffieber. Seine Kinder hatten hohle Augen. Es würde nicht mehr lange dauern, und die Konturen ihrer Rippen würden immer schärfer hervortreten und die kleinen, zerbrechlichen Leiber immer skelettähnlicher werden lassen. Das Speicherhaus war fast leer, und er bekam kein zusätzliches Geld mehr, da niemand seine Hühner kaufen konnte. Der Fremde bot ihm sehr viel Geld, wenn er die weite Reise unternehmen würde. Er zahlte die Münzen einzeln auf den Tisch. Abu Kathan hatte niemals zuvor so viel Geld gesehen. Es war mehr als er zu zählen vermochte. Als der Sahib es wieder in den Beutel aus weichem Ziegenleder zurückgesteckt hatte, nahm Abu Kathan den Beutel an sich und drückte seinen Daumen unter den Vertrag, den er nicht lesen konnte. Das Datum der Abreise wurde nicht festgelegt. Es lag in Gottes Hand. Man würde ihn, wenn es soweit sei, abholen.

Mit dem Geld überstanden sie die Hungerzeit und behielten sogar noch etwas zurück für zukünftige Notfälle. Abu dachte oft an die weite Reise. Dann fürchtete er sich, aber er sprach zu niemandem davon.

Es wurde Frühling. Der Bambus sproß am Fluß, und die Wildenten hatten Junge. Der Sommer ging über das Land. Das Hochwasser stieg und fiel. Der Reis blühte und trug Frucht. Abu Kathan machte sich Gedanken über Dinge, die ihn früher nicht interessiert hatten. Ob die Bauern in Europa auch Reis anbauten und Hühner verkauften? Gewiß, wovon sollten sie sonst leben? Sicher waren ihre heiligen Kühe gut genährt; denn die Menschen mußten wohlhabend sein, sonst hätte der Fremde nicht so viele Münzen zahlen können. Abu Kathan fuhr noch oft nach Rhandan, den Fremden sah er aber niemals wieder. Manchmal glaubte er, er hätte alles nur geträumt; aber dann erinnerte ihn der Beutel aus Ziegenleder mit den restlichen Münzen an die Wirklichkeit.

Als der Tag seiner Abreise gekommen war, lief das ganze Dorf zusammen. Es war im Frühjahr, und die Menschen waren alle auf den Feldern. Das Gerücht seiner Abreise verbreitete sich wie ein Lauffeuer. Sie hatten einen klapprigen Lastwagen aus der Stadt geschickt. Zwei Mann hoben ihn hinauf. Es war das erste Mal, daß er mit einem Auto fuhr. Seine Kinder standen mit staunenden Augen dabei, und Nomi weinte. Als der Wagen davonfuhr, lief sie hinter ihm her, bis sie auf der staubigen Straße zusammenbrach und die Nachbarn sie zurücktrugen in das Haus, das Abu für sie einmal gebaut hatte. Das Auto holperte über die schlechte Straße nach Süden. Die Sonne brannte, und der Staub der Straße durchrieselte alles, sogar die Gedanken. Niemand sprach ein Wort. Einmal wechselten sie einen geplatzten Reifen und füllten neues Wasser in den rostigen Kühler. Dann ging die Fahrt weiter, über hohe Berge und schmale Brücken, durch bestellte Felder und durch Dörfer hindurch, deren Namen Abu Kathan niemals zuvor gehört hatte und die ihn auch nicht mehr interessierten. Er war ohne Gedanken und Wünsche. Der Wagen holperte durch den ganzen Tag. Am Abend waren sie in der kleinen Stadt mit der Bahnstation.

Abu Kathan blieb zwei Tage in dem Haus der Gesellschaft, der der Lastwagen gehörte. Sie hatten viele Autos, große Speicher und ein Kühlhaus. Am dritten Tag fuhr er weiter mit der Eisenbahn. Er hatte einen Raum für sich allein. Es war angenehm kühl in dem Zug. Die Lokomotive zog achtzehn Wagen hinter sich her. Sie schlängelte sich mit ihren Anhängern wie eine Königskobra durch die engen Täler und schrie wie ein Tiger, wenn sie in die Nähe der Ortschaften kam, als wollte sie die Menschen erschrecken. In der Nacht spie sie Feuer in den Himmel und stöhnte wie ein verwundeter Wasserbüffel, aber Abu Kathan hörte es nicht.

Manchmal fuhren sie durch weite Reis-Niederungen, die so aussahen wie das Land am Brahmaputra bei Rhandan, wo Abu Kathans wundersame Reise begonnen hatte. Dann standen die Bauern auf den Feldern, winkten mit ihren spitzen Strohhüten, und die Hunde liefen bellend hinter dem Zug her. Abu Kathan sah das alles nicht. Er hatte die Augen geschlossen und rührte sich nicht. Die Bahnhöfe waren bunte Oasen voller Leben und Lärm. Fässer mit Safran wurden verladen, Curry, Sandelholz und Zimt, Ballen von Reisstroh und Edelhölzer vom Indus, Bäuerinnen mit schnatternden Enten stiegen in den Zug, Soldaten in Khaki-Uniformen, Kaufleute und Händler, Frauen in wallenden, weißen Gewändern und halbnackte Kinder, die Früchte anboten.

In der Nacht gab es einen unfreiwilligen Aufenthalt, weil die Lokomotive eine heilige Kuh, die in der Nähe eines Dorfes auf den Schienen gelegen hatte, getötet hatte. Die Frauen weinten und die Männer trugen das tote Tier zu dem Priester des Ortes, damit es eine würdige Bestattung bekäme.

Abu Kathan lag die ganze Zeit mit geschlossenen

Augen in seinem Raum. Er war der einzige, der den Zug nicht verließ.

Nach dreitägiger Bahnfahrt hielt der Zug in einer Stadt. Es war Nacht. Zwei Männer mit Turbanen und schwarzen Bärten holten ihn in einem Caravan ab. Sie fuhren zu einem großen, weiten Feld. Das Mondlicht spiegelte sich in den Silberleibern der Flugzeuge. Wie riesige schlafende Fische lagen sie hinter hohen Zäunen. Die Männer brachten Abu in eine Halle, höher und weiter als der große Tempel von Rhandan. In den Lautsprechern verkündeten Mädchen in vielen Sprachen die An- und Abflüge. Sie nannten die Städte der ganzen Welt bei ihren Namen, so als gehörten sie ihnen. Hinter allen Schaltern standen Frauen. Stewardessen in männlicher Kleidung sorgten für die Reisenden. Die feminine Welt der Luftfahrt stand in seltsamem Gegensatz zu der Welt, aus der Abu Kathan kam, in der Frauen niemals mit so lauter Stimme sprachen wie die Mädchen aus den Lautsprechern. Die Männer erledigten hastig die Zollformalitäten und brachten Abu zu seiner Flugmaschine, deren Motoren schon liefen, denn der Zug hatte Verspätung gehabt.

Als das Flugzeug vom Boden abhob, war es das erste Mal, daß jemand aus der großen Familie der Kathans sich in die Lüfte erhob. Abu schwieg zu allem. Es ging ihn nichts mehr an. Sie flogen durch mächtige Wolken, die schreckliche Blitze mit sich führten, über endlose Meere, in denen die Sonne versank, über kahle Gebirge, die, von oben betrachtet, nicht höher schienen als die Bewässerungsdämme der Reisbauern am Brahmaputra.

Abu Kathan ließ alles mit sich geschehen. Er handelte wie die heiligen drei Affen: Nichts hören, nichts sehen, nichts sagen. Sie landeten mehrere Male, und als sie am Ziel waren, lag die Erde unter frisch gefallenem Schnee, der so aussah wie frisch gezupfte Baumwolle oder die Flocken aus dem Brustfell der jungen Ziegen vom Markt in Rhandan. Es war kalt. Die Bäume waren kahl, als hätten die Götter das Land mit verheerender Trockenheit gestraft. Abu Kathan hatte niemals in seinem Leben Schnee gesehen, aber er beachtete ihn nicht. Er spürte nicht einmal die beißende Kälte, vor der die Männer ihre Hände in den Manteltaschen vergruben und die Damen sich hinter hohen Pelzkragen versteckten.

Sie fuhren in einem Auto an einem Flußufer entlang. Schiffe, die andere hinter sich herzogen, quälten sich den Fluß hinauf. Es gab Autos zu Tausenden, die sich auf den steinernen Wegen drängelten wie die Heuschrecken, wenn sie daheim zur Erntezeit in die Felder einfallen.

Es gab keine Reisfelder und keine heiligen Kühe,

nicht einmal Sonne. Alles war tot und eingefroren, so wie Abu Kathan, der hinten im Auto in einer Eiskiste lag und zur Anatomie der Universität Heidelberg gefahren wurde, an die er sich zu seinen Lebzeiten verkauft hatte.

Manuela Perez Angosa

Der dunkelgrüne Samtvorhang teilte sich in der Mitte. Die Bühne war in gedämpftes Licht getaucht. In einem Rollstuhl saß Manuela Perez Angosa, der Star des Abends. Ihr Gesicht war stolz und unbeweglich. Über ihrem Schoß lag eine schwarze Ziegenfelldecke, die ihre gelähmten Beine umhüllte. Eine Art stillen Erstaunens lag in der Luft, als die Zuschauer das Mädchen sahen. In der wirbelnden, schillernden Scheinwelt des Varietés wirkte dieses Mädchen wie eine Madonnenfigur. Ihre strahlende Schönheit und der Zauber ihrer Jugend standen in einem seltsamen Gegensatz zu dem Rollstuhl, in dem sie auftrat.

Auf ihrem Schoß saß eine Puppe von der Größe eines Kleinkindes. Der Kopf und die Arme hingen schlaff herab, als wären sie nur ungenügend mit Sägespänen gefüllt. Doch sobald die Musik abbrach, geschah eine eigenartige Verwandlung mit der Puppe. Sie schien plötzlich wie von Leben erfüllt, richtete sich straff auf, bewegte ihre Arme, zunächst behutsam und schüchtern, doch dann aufgeregt und unglaublich gelenkig. Sie sprang, wie von unsichtbaren Drähten gelenkt, auf dem Schoß ihrer Herrin umher, ohne daß diese sie berührte. Manuela richtete Fragen an die Puppe, die diese dann mit tiefer, männlicher Stimme beantwortete, ohne daß ihre Herrin auch nur im geringsten die Lippen bewegte.

Die Zeitungen schrieben über Señora Manuela, daß sie die Kunst des Bauchredens mit einer Perfektion beherrschte, wie noch niemals ein Künstler vor ihr. Da die Puppe in einem tiefen, männlichen Baßton sprach, der sich so extrem von der zarten, mädchenhaften Stimme der Meisterin abhob, hätte man zu dem Schluß gelangen können, daß Pepe – so hieß die Puppe – seine Fragen mit Hilfe eines in seinem Innern verborgenen Tonbandes beantworten würde, das auf die Fragen der Señora sorgfältig abgestimmt worden sei. Dem war nicht so, denn Pepe beantwortete jede Frage aus dem Publikum wie aus der Pistole geschossen, wobei er manchmal mit lauter Stimme den Besuchern in der letzten Reihe etwas zurief. Seine Stimme war dann von solcher Kraft, daß alle Augen vor Erstaunen an den Lippen der Señora Manuela hingen, die völlig unbeteiligt und ohne das geringste Zeichen von Anstrengung in ihrem Rollstuhl saß, als wäre sie nur eine Zuschauerin. Dabei ließ sie die Puppe auf geheimnisvolle Art Bewegungen vollführen, die so harmonisch abliefen, als wäre Pepe ein Geschöpf aus Fleisch und Blut.

Pepe redete, lachte und sang mit der Stimme eines trinkfesten Matrosen und spielte zum Abschluß sogar auf einer Mundharmonika. Dann fiel er wieder schlaff in sich zusammen und lag als leblose Puppe auf dem Schoß seiner Herrin, wenn diese unter dem begeisterten Applaus der Varieté-Besucher im Rollstuhl von der Bühne geschoben wurde.

Es gehörte zu meinen Aufgaben als Reporter der »Hannoverschen Allgemeinen«, in regelmäßigen Abständen den Georgspalast aufzusuchen und über das Programm zu berichten. Ich hatte dort schon viele großartige Künstler gesehen, aber niemals zuvor hatte mich etwas derart fasziniert wie dieses Mädchen.

Ich besorgte mir noch am gleichen Abend eine Karte für den nächsten Tag. Ich hatte mir beim zweiten Mal einen Sitz in der ersten Reihe reservieren lassen.

Señora Manuela schien noch verhaltener und statischer und ihre Puppe Pepe noch lebendiger als am ersten Abend. Ich ließ das Mädchen keinen Augenblick unbeobachtet. Doch je mehr ich versuchte, hinter das Geheimnis ihres Könnens zu kommen, um so rätselhafter erschien sie mir. Und an diesem Abend spürte ich, daß es etwas gab, das mich an dem

Mädchen Manuela noch mehr faszinierte als ihr Können. Es war jener unbeschreibliche Zauber, der von ihr ausging, wie von einer weiblichen heidnischen Gottheit. Vielleicht war es auch die ebenmäßige Schönheit ihres Gesichtes, die mich gefangennahm. Auf jeden Fall beschäftigte mich ihre Person in einer nie gekannten Ausschließlichkeit. Ich kam nun jeden Abend unmittelbar vor ihrem Auftritt und verließ das Theater, sobald der Vorhang sich hinter ihr geschlossen hatte und ein alter, weißhaariger Herr sie behutsam von der Bühne schob.

Ich beschloß, Señora Manuela aufzusuchen, um sie persönlich kennenzulernen. Als Reporter hatte ich ja einen guten Vorwand. Ich rief am nächsten Vormittag von der Redaktion aus im Georgspalast an und bat um ihre Adresse. Ich hatte daran gedacht, mich in ihrem Hotel mit ihr zu treffen und sie um ein Interview zu bitten. Das Sekretariat des Georgspalastes, in dem ich wegen meines Berufes kein Unbekannter bin, sah sich außerstande, mir die gegenwärtige Adresse Manuelas mitzuteilen, da sie auf ihren ausdrücklichen Wunsch nicht in das Verzeichnis des Ensembles eingetragen worden sei. Man riet mir, eine Verabredung mit dem Manager der Señora nach Schluß der Vorstellung zu vereinbaren.

Als ich am Abend, unmittelbar nach Manuelas Auftritt, die hinter der Bühne gelegenen Künstlergarderoben aufsuchte und nach dem Raum der Señora fragte, teilte mir der Portier mit, daß die gnädige Frau in Begleitung ihres Managers das Haus bereits verlassen habe. Sie würden sofort nach jedem Auftritt in einem schwarzen, amerikanischen Caravan davonfahren, er selbst sei jedesmal behilflich, den Rollstuhl mit der gnädigen Frau in den Wagen zu heben. Manuela mache immer einen sehr abgespannten Eindruck, und der alte Herr – vermutlich ihr Vater oder Onkel – umsorge sie mit der größten Aufmerksamkeit.

Am darauffolgenden Abend postierte ich mich am dunklen Bühnenausgang, noch während die Vorstellung lief. Ich hatte mir einen Strauß Rosen besorgt und kam mir vor wie ein Pennäler. Ich vernahm aus dem Innern des Hauses den dröhnenden Applaus, der wie jeden Abend kein Ende nehmen wollte, und wartete eine Ewigkeit. Dann öffnete sich die feuersichere Tür zum Bühnenbereich, und der alte weißhaarige Herr, den ich vom Ende der Vorführung kannte, schob den Rollstuhl mit Manuela vor sich her. Er beugte sich über sie und schien ihr etwas zuzuflüstern, während er die schwarze Ziegenfelldecke über ihrem Schoß glattzupfte und dem Portier winkte, um Manuela in das Auto zu heben. Ich stellte mich dem alten Herrn vor und zeigte meinen Presseausweis, als wollte ich mich für die Rosen entschuldigen. Der Herr lächelte ein wenig ratlos und sagte:

»Non parlo tedesco, Signore.«

Ich hatte ihn vor lauter Aufregung auf deutsch angesprochen, und er hatte mir in italienisch geantwortet. Ich versuchte es auf spanisch.

»Oh, das ist es, was Sie wollen«, meinte er dann. »Bitte rufen Sie mich doch an.« Er gab mir seine Karte, auf deren Rückseite mit Kugelschreiber eine fünfstellige Zahl geschrieben stand. Der alte Herr nahm meinen Rosenstrauß und reichte ihn Señora Manuela. Leider konnte ich nicht sehen, wie sie darauf reagierte.

Als ich am darauffolgenden Tag bei ihnen anrief, meldete sich unter der Nummer ein bekanntes Hotel. Man versprach, mich mit dem Appartement der Señora Manuela zu verbinden, teilte mir aber dann mit, daß dort niemand antwortete.

Als ich abends kurz nach neun meinen Platz in der ersten Reihe des Varietés eingenommen hatte und darauf wartete, daß sich der Vorhang öffnen würde, trat ein Herr vor den Vorhang und gab bekannt, daß wegen eines unvorhergesehenen Ereignisses der Auftritt der Señora Manuela ausfallen müsse. Die Direktion bitte um Verständnis. Ich spürte sofort, daß etwas Schwerwiegendes geschehen sein mußte, erkundigte mich bei der Theaterleitung und hörte zu meinem Erstaunen, daß Manuela nicht zur vorgeschriebenen Zeit im Theater erschienen sei. Man habe bis zu ihrem Auftritt mit ihrem verspäteten Kommen gerechnet. Señora Manuela und ihr Manager seien als sehr zuverlässig und pünktlich bekannt. Ich stieg in meinen Wagen und fuhr zu dem Hotel, das ich am Tag zuvor angerufen hatte. Dort erfuhr ich, daß Señora Manuela und ihr Manager, die gemeinsam ein Appartement im 6. Stock bewohnten, gestern abend gegen sieben Uhr das Haus verlassen hätten und nicht zurückgekehrt seien. Nein, eine Abmeldung liege nicht vor. Das Appartement sei für einen Monat im voraus bezahlt.

Sie hatten also gestern abend gegen sieben das Hotel verlassen. Das war die Zeit, zu der sie ins Theater fuhren. Wenn sie danach nicht zurückgekehrt waren, dann war ich der letzte, der sie nach der Vorstellung gesehen hatte. Sie waren Fremde in dieser Stadt, und es schien mir unwahrscheinlich, daß sie bei ihrer zurückhaltenden Lebensweise Bekannte oder gar Freunde hätten. Von dem Hoteldiener ließ ich mir die Kraftfahrzeugnummer des schwarzen Caravans geben. Nach dem Mittagessen rief ich im Georgspalast an und erkundigte mich, ob eine Nachricht über den Verbleib der Señora Manuela vorläge. Man war dort zutiefst bestürzt, weil man befürchtete, auch den kommenden

Abend ohne Manuela auskommen zu müssen. Ich beschloß, eigene Untersuchungen über das Verschwinden des schwarzen Caravan anzustellen. Am späten Nachmittag fand ich, wonach ich gesucht hatte. In der Redaktion lag ein Polizeibericht über einen Unfall vor, der sich in der letzten Nacht unweit der Stadt ereignet hatte. In der kurzen Notiz hieß es, daß ein schwarzer Caravan mit dem polizeilichen Kennzeichen M – 3 869 in einer Kurve der Landstraße einen Lastzug gestreift habe, wobei der Fahrer die Gewalt über das Fahrzeug verloren habe. Der schwarze Caravan habe sich zweimal überschlagen und sei dann bei dem Zusammenprall mit einem Chausseebaum in Brand geraten. In dem ausgebrannten Wrack des Wagens habe man völlig verkohlte menschliche Überreste und einen Rollstuhl gefunden. Eine Identifizierung der Insassen liege noch nicht vor.

Ich erkundigte mich bei meinem Kollegen, der die Notiz aufgegabelt hatte, von welcher Polizeistation er die Information über den Unfall erhalten habe, und fuhr dann sofort hinaus.

Der Beamte auf der Polizeistelle teilte mir mit, daß sich die sterblichen Überreste in der Leichenhalle befänden. Eine von mir sogleich angebotene Identifizierung hielt er für sinnlos, da die Verbrennung fast vollständig sei. Ich gab zu Protokoll, daß es sich bei den Verunglückten um die Artisten Manuela Perez Angosa und ihren Manager Amachito handele. Unter diesem Namen hatte er sich ins Hotelverzeichnis eingetragen. Die Presse brachte die Geschichte über den Tod der jungen Spanierin und ihres Managers Amachito groß heraus. Da es der Polizei nicht gelang, den bürgerlichen Namen der beiden Artisten ausfindig zu machen, wurden sie unter ihrem Künstlernamen auf dem Hauptfriedhof der Stadt bestattet. Zur Beerdigung hatten sich einige Artisten, ein Dutzend Pressefotografen und ein paar Schaulustige eingefunden. Eine deutsche Illustrierte brachte eine Reportage mit Bildern der Verunglückten. Es schien, als wäre die Geschichte für mich zu Ende gegangen, bevor sie richtig begonnen hatte.

Am Tage nach der Beerdigung legte ich auf dem frischen Grab des Hauptfriedhofes einen Rosenstrauß nieder, einen Strauß, wie ich ihn Manuela an dem Abend mitgebracht hatte, an dem ich sie das letzte Mal sah, und den Amachito ihr in den Wagen gereicht hatte.

Es war ein nebliger Septembertag. Der feine Sprühregen tropfte von den Weiden. Ich wollte gerade gehen, als ich im Nebel neben mir ein Kind bemerkte. Es schien mich nicht zu sehen. Es stand näher am Grab als ich, mit gesenktem Kopf, und nur seine Schultern zuckten vor Schmerz. Ich werde nie das Bild vergessen, wie das Kind dort auf dem Friedhof allein im Regen stand und weinte. Ich ging zu ihm und legte ihm meine Hand auf den Kopf. Da nahm es die Hände von seinem Gesicht und sah mich mit verweinten Augen erschrocken an. Ich blickte in das faltige Gesicht eines alten Liliputaners. Wir erschraken beide so heftig, daß wir uns wie gelähmt gegenüberstanden. Und da erkannte ich die Puppe Pepe. Er sagte:

»Sie haben Manuela geliebt, nicht wahr? Ich erkenne Sie wieder, Sie saßen oft in der ersten Reihe. An ihrem letzten Abend haben Sie ihr die Rosen gebracht.« Ich nickte, und traurig meinte er: »Amachito war der einzige Mensch, den ich geliebt habe. Er hat unser Geheimnis ins Grab mitgenommen.«

»Und Manuela?« fragte ich.

Der Liliputaner schüttelte den Kopf.

»Der Bauchredner bin ich gewesen. Manuela war nur eine Wachspuppe. Ich werde mir eine neue machen, denn schließlich muß ich ja weiterleben.«

Er gab mir seine kleine, faltige Hand und sagte: »Versprechen Sie mir, das Geheimnis zu hüten. Es ist unser Geheimnis.«

Ich nickte, und als ihn der Nebel verschluckt hatte, warf ich einen letzten Blick auf das frische Grab und ging davon.

Die Füße im Feuer

Einmal im Sommer, in den frühen siebziger Jahren, lag in dem Krankenhaus einer mittelgroßen Stadt in Norddeutschland eine junge Frau. Sie hätte auch zu irgendeiner anderen Zeit woanders liegen können, denn Frauen wie sie gibt es zu allen Zeiten auf der ganzen Welt.

Sie war helläugig, blond, von weißer Haut und jung. Ihr dichtes Haar war immer ungekämmt, besonders jetzt, denn sie lag in einem Krankenhaus. Es klopfte an ihrer Tür, ein alter Doktor trat ins Zimmer, er verneigte sich höflich.

»Wie geht es Ihnen? Haben Sie noch Schmerzen?«

Die junge Frau versuchte zu lächeln, dieses entzückende, kindliche, plötzlich aufleuchtende Lächeln, wie es nur Kindern und sehr jungen Frauen gegeben ist. Es gelang ihr nicht ganz. Ihre kleinen Füße steckten in dicken Mullbandagen. Plump und unförmig schauten sie wie die Füße eines weißen Elefanten unter der Bettdecke hervor.

»In einer Woche können Sie wieder laufen. Dann ist das Schlimmste überstanden. Sie haben Glück gehabt, es handelt sich um Verbrennungen ersten Grades. Das Ganze ist nicht weiter schlimm, nur eben leider schmerzhaft, weil die Fußsohlen so empfindlich sind. Aber Gott sei Dank stehen uns heute jede Menge Mittel zur Verfügung, um die ärgsten Schmerzen zu betäuben. Nehmen Sie alle zwei Stunden eine von den roten Tabletten auf Ihrem Nachttisch, und wenn Sie heute nacht nicht schlafen können, gibt Ihnen die Nachtschwester ein Zäpfchen. Sie sind jetzt noch ein wenig benommen von der Morphiumspritze. Das geht vorüber. Kann ich noch irgend etwas für Sie tun?«

»Ich möchte gern allein sein. Bitte keinen Besuch. Noch nicht.«

»Wie Sie wünschen. Es ist auch besser so. Ruhen Sie sich aus.«

Als sie am nächsten Morgen erwachte, schien ihr die Sonne ins Gesicht. Es war still im Haus. Eine Fliege summte an der Fensterscheibe. Sie spürte mit ihren Fußsohlen jeden Pulsschlag, aber es tat kaum weh. Neben ihrem Bett leuchtete ein gewaltiger Rosenstrauß. Daneben lag ein Brief.

Sie öffnete ihn und las:

Mein über alles geliebter kleiner Engel,

ich bin verzweifelt. Eben war ich im Krankenhaus, aber man hat mich nicht zu Dir gelassen. Du wärst noch zu betäubt von den Morphiumspritzen. Du brauchst Ruhe. Man hat mich auf morgen vertröstet, aber ich kann nicht warten. Ich muß noch heute mit Dir sprechen. Deshalb schreibe ich diesen Brief. Ich liebe Dich. Ich bin in Gedanken bei Dir. Hast Du große Schmerzen? Ich möchte Dir so gerne helfen. Wenn man mich nur ließe. Der Doktor sagte zwar, es wäre nicht so schlimm, aber das sagen sie immer. Arme kleine Eva. Der Tag heute war schrecklich, nicht nur für Dich, sondern auch für mich. Es war der fürchterlichste Tag meines Lebens.

Es begann damit, daß ich eine Verabredung mit der Edura Stahl AG hatte. Als ich meinen Wagen vor dem Edurahaus parkte, stand auf der anderen Straßenseite ein grüner Sportwagen. Das Verdeck war herabgelassen. Auf dem Rücksitz lag ein dunkelblauer Strohhut. Er sah genau so aus wie der, den ich Dir geschenkt habe. Ich habe an Dich gedacht.

Das Planungsbüro der Edura liegt im obersten Geschoß. Als die Sekretärin mich in das Konferenzzimmer führte, standen alle Herren am Fenster und schauten hinaus. Niemand nahm Notiz von mir. Ich folgte ihrer Blickrichtung und hielt den Atem an.

Ein weit geöffnetes Fenster zwei Stockwerke tiefer im Nachbargebäude. Die schon tiefstehende

Nachmittagssonne leuchtete wie ein Scheinwerfer in den dahinterliegenden Raum. Ein Mann und eine Frau waren so sehr mit sich beschäftigt, daß sie ihre Umgebung vergessen hatten. Sie waren nackt, und ihre Leiber leuchteten im späten Sonnenlicht wie Goldbronze. Sie lagen auf einem zerwühlten Bett. Es sah aus, als ob sie miteinander kämpften. Im Zimmer herrschte eine heillose Unordnung. Überall waren Kleidungsstücke verstreut. Die Frau lag über dem Mann.

Ihr Haar leuchtete wie Gold. Sie warf es hin und her, wie die Mähne eines galoppierenden Pferdes, immer schneller werdend, bis sie plötzlich erstarrte und erschöpft auf ihrem Geliebten ausruhte. Es verging eine ganze Weile. Wir standen wie gebannt. Keiner machte eine abfällige Bemerkung oder einen dreckigen Witz, wie man das sonst wohl bei solchen Gelegenheiten unter Männern macht. Die junge Frau richtete sich langsam auf. Sie saß noch immer auf ihrem Geliebten. Sie küßte seine Hände und legte sie auf ihre Brüste. Dabei bog sie ihren schlanken Hals weit zurück und legte den Kopf in den Nacken. Je mehr die Hände des Mannes ihre blassen Brüste umwarben, um so wilder wurde der reitende Rhythmus des Mädchens. Der zerzauste Haarschopf bedeckte den größten Teil ihres Gesichtes. Ihre Lippen waren geöffnet und bewegten sich, als formten sie einen Schrei. Wir wagten kaum zu atmen. Weißt Du, man kennt das ja alles aus den neuen Filmen. Aber das war wirklich und irgendwie anders. Ich war fasziniert und erregt.

Als alles vorbei war, stand die Frau auf und kam zum Fenster. Sie zündete sich eine Zigarette an, unbefangen und nackt. Sie schaute hinauf. Da sah sie uns und zog mit einem Ruck die Sonnenblende vor das Fenster. Für den Bruchteil einer Sekunde hatte ich ihr Gesicht gesehen. Mein Herzschlag setzte aus. Ich hatte Dich erkannt. Das heißt, ich glaubte Dich erkannt zu haben. Die Frau sah genau so aus wie Du. Ich war mir ganz sicher, daß Du es warst. Das war es, was mich an dem Liebesspiel dieser Frau so erregt hatte, ich hatte die ganze Zeit meiner eigenen Frau zugeschaut. Dein Hut unten vor dem Haus im Auto! Ich Idiot.

Alles um mich herum drehte sich. Sie betrügt mich. Ich habe es mit eigenen Augen gesehen. Ich wollte davonlaufen und konnte nicht. Das Ganze war idiotisch. Ich bekam den Auftrag von der Edura Stahl AG. Ich kann mich an kein Wort der Verhandlung mehr erinnern. Ich war wie eine zerbrochene Schallplatte: Sie betrügt mich, sie betrügt mich, sie betrügt mich.

Ich bin kreuz und quer durch die Stadt gefahren. Ich wollte mich betrinken. Ich wollte Dich schlagen oder einfach davonfahren und niemals mehr wiederkommen. Ich sah Dich auf dem zerwühlten Bett hinter dem Fenster. Deine gierigen, wollüstigen Bewegungen und die Hände dieses Knaben auf Deinem Körper.

Wer war dieser Bursche überhaupt? Allmählich wurde ich ruhiger. Soll sie ihn haben und mit ihm glücklich werden. Wahrscheinlich ist er ein Student, ein Hippie oder irgendeine verkrachte Existenz. Die Bude hatte verdammt ärmlich ausgesehen. Soll sie doch zu diesem Knaben ziehen. Ich beschloß, einen Anwalt mit der Scheidung zu beauftragen.

Dann gab ich mir einen Ruck und fuhr nach Hause. Ich raste wie ein Verrückter. Wie lange sie mich wohl schon betrügt?

Ich war blind vor Eifersucht. Sie betrügt mich. Sie tat es schon länger. Wie war das noch vor zwei Monaten gewesen? Ich war vom Angeln einen Tag früher nach Hause gekommen. Am Abend hatte das Telefon geläutet: »Hallo, Liebling«, hatte eine Stimme am anderen Ende der Leitung gefragt. »Wo bleibst du denn?« Und ich Idiot war der Meinung, der Kerl hätte die verkehrte Nummer erwischt.

Wie war das letzten Winter? Wir wollten zusammen zum Skilaufen. Sie war schon vorgefahren, weil ich in letzter Minute noch das Warenhausprojekt bekam. Fünf Tage später fuhr ich hinterher. Als wir uns in der ersten Nacht liebten, klopfte der Nachbar an die Wand der dünnen Skihütte und schimpfte: »Ist denn keine Nacht Ruhe da drüben?« Sie hat mich immer betrogen, bei jeder Gelegenheit.

O Liebling, ich hätte Dich ermorden können. Ich erzähle Dir das alles, weil ich mir wie ein Verräter vorkomme. Du sollst alle meine Gedanken wissen. Du mußt sie wissen. Ich wollte mich von Dir trennen. Es war alles vorbei.

Als ich schließlich nach Hause kam, warst Du nicht da. Die Terrassentür stand offen. Draußen lagen Dein Bikini, ein Badehandtuch und der Strohhut von heute morgen. Ich riß die Kleiderschränke auf. Deine Sachen waren noch da. Es schellte. Draußen stand die alte Detering von nebenan. Sie erzählte mir, daß Du im Krankenhaus bist. Mein erster Gedanke war, sie hat mich am Fenster erkannt und sich die Pulsader geöffnet, sich vergiftet oder unters Auto gestürzt. Sie sagte, Du hättest verbrannte Füße und wärst im Sankt-Michaelis-Krankenhaus. Dein Arzt erzählte mir am Telefon von dem schweren Sonnenbrand auf Deinen Fußsohlen; daß Du auf dem Bauch liegend eingeschlafen seiest. Zum Glück hättest Du Dich mit dem Badehandtuch zugedeckt, so daß nur die Fußsohlen der Sonne ausgesetzt waren. Die Füße hätten zwar eine dicke Hornhaut, seien aber besonders sonnenempfindlich, weil die

Sohlen nur selten Sonne bekämen und keine Pigmente entwickeln könnten. Ich fragte ihn gleich, wie lange man in der Sonne liegen müsse, um sich solch einen Sonnenbrand zu holen. Er meinte, mindestens drei bis vier Stunden in der prallen Mittagssonne. Ich hatte Dich um vier Uhr heute nachmittag gesehen oder glaubte, Dich gesehen zu haben. Eine Stunde später hat Dich der alte Detering ins Krankenhaus gefahren. Weißt Du, daß Dein Sonnenbrand unsere Ehe gerettet hat? Mißtrauen ist eine häßliche Sache. Ich kann Dir nicht sagen, wie sehr ich mich schäme. Ich freue mich auf Dich.

Ich liebe Dich, Dein ungläubiger Thomas.

Sie las den Brief zweimal. Dann faltete sie ihn zusammen und legte sich glücklich lächelnd zurück. Auch sie liebte ihn, sonst wäre sie nicht, als sie ihn am Fenster des Edurahauses erkannt hatte, nach Hause gefahren, um die Füße unter die Höhensonne zu halten.

Juan Belmonte
oder Die Rache der Kälber

Unter den Menschen, die am Morgen des 8. April 1962 aus dem Halbdunkel der Kathedrale San José in die Frühlingssonne Sevillas hinaustraten, befand sich ein Mann, für den die Sonne über Andalusien an diesem Tag zum letzten Mal aufgegangen war.

»Buenos días, Don Juan«, sagten die Vorübergehenden, und in der Art, wie sie es sagten, lag Achtung und Bewunderung.

Es gab keinen Menschen in Spanien, der den Namen des alten Mannes nicht kannte. Nur wenige Menschen sind so gefeiert und verehrt worden wie er, der schon zu Lebzeiten so etwas wie eine Legendenfigur war.

Der alte Mann sog die Frühlingsluft tief in seine Lungen und fühlte sich so stark wie in seinen besten Tagen. Dabei trennten ihn nur noch vier Tage von seinem siebzigsten Geburtstag.

Wie er dastand mit seinem schwarzen andalusischen Filzhut und den Tauben nachsah, wirkte er erstaunlich jung.

Der alte Mann stolperte langsam zu seinem Wagen. Er setzte seine Beine mühselig und schwer. Jeder Schritt verlangte seine ganze Konzentration. Aber das war keine Altersschwäche. Seine Beine waren von Kindheit an in so schlechter Verfassung, daß er einmal gesagt haben soll: »Wenn sich eines meiner Beine bewegen will, so muß es zuvor das andere um Erlaubnis fragen.«

Sie schienen gelähmt und mit Blei gefüllt. Es gab zu seiner Zeit nicht viele Jungen in Spanien, die körperlich so ungeeignet für die Laufbahn eines Matadoren waren wie der Krüppel Juan Belmonte.

Ein Zeitungsreporter sprach ihn an: »Don Juan, haben Sie etwas Sensationelles, das ich für einen Bericht verwenden kann?«

Belmonte schüttelte den Kopf: »Ein Fossil weiß keine Neuigkeiten.«

»Ist es wahr, Don Juan, daß Ihnen die Arena von Madrid fünfhunderttausend Peseten für einen Schaukampf geboten hat?«

Belmonte lächelte und sagte in seiner leicht stotternden Art: »Die Summe würde ich dem zahlen, der mich fit für einen Schaukampf machen könnte.«

Er stieg in seinen Wagen, und sein Chauffeur Antonio klappte die Tür hinter ihm zu. Sie fuhren über den Fluß, der noch genauso schmutzig war wie vor einem halben Jahrhundert, als der kleine Juan ihn durchschwamm, um auf den Feldern mit den Novillos, den jungen Stieren, zu kämpfen.

Der Zeitungsreporter auf den Stufen der Kathedrale hatte an das Erinnerungsbewußtsein des alten Mannes gerührt. Die Gedanken flossen mit der Strömung zurück zu den Wiesen des Guadalquivir, wo Belmonte heimlich mit den erdfarbenen Anojos und Erals, den ein- und zweijährigen Stierkälbern, angefangen hatte, die einzelnen Phasen des Stierkampfes zu studieren. Nachts hatte er am Fluß gelegen und davon geträumt, ein Torero zu werden, so berühmt wie der große Guerrita.

Belmonte lebte nur diesem einen Ziel entgegen und arbeitete an sich mit glühender Besessenheit. Als er endlich am 28. Juli 1912 in der Arena von Madrid feierlich als Torero aufgenommen worden war, schrieb am Morgen nach seinem ersten Kampf der berühmte Stierkampfkritiker Don Modesto: »Ich schwöre bei meiner Ehre als Kastilianer, daß ich niemals zuvor eine solche Vollendung im Umgang mit der Muleta gesehen habe wie gestern. Es war die größte Faena seit Beginn des Stierkampfes.«

Mit Juan Belmonte begann das goldene Zeitalter des Stierkampfes. Bis zum Erscheinen Belmontes wurde der Stierkampf nach dem Grundsatz des Largartijo ausgeführt: O te quitas tu, o te quita el toro! Das heißt: Entweder du entfernst dich, oder der

Stier entfernt dich! Alle großen Toreros vor Belmonte hatten auf weite Distanz gekämpft. Belmonte ging den Stieren nicht aus dem Weg. Damit wagte er etwas Unbegreifliches. Die Kampfstiere passierten ihn so dicht, daß sie ihn ständig streiften. Die Schwäche seiner Beine zwang ihn, im wahrsten Sinne des Wortes hautnah zu kämpfen, und erzeugte damit eine ungeheure Spannung.

Als Guerrita, der bedeutendste Stierkämpfer vor Belmonte, ihn in der Arena sah, sagte er: »So kann man nicht kämpfen. Wer ihn sehen will – und man muß ihn gesehen haben –, der muß sich beeilen, denn er wird nicht lange leben.«

Wenn man heute Stierkämpfer in ähnlicher Weise kämpfen sieht, so muß man sich vor Augen halten, daß Belmonte damals noch mit riesigen, langhörnigen Vollblutstieren arbeitete und nicht mit den kleinen kurzhörnigen Stieren, wie sie heute ausschließlich in den spanischen Arenen verwandt werden.

Aber Belmonte kämpfte nicht nur sensationell leichtsinnig, er verfeinerte den Stierkampf zu einer nie gekannten Höhe. Er führte die drei Elemente des Stierkampfes ein, die die Hohe Schule eines Matadors bis zum heutigen Tag aufweist: Technik, Ästhetik und Gefühl.

Belmonte hatte den Spaniern gezeigt, daß das Wesentliche des Stierkampfes nicht darin besteht, den

Stier zu töten, sondern die Kampfbereitschaft des wilden Tieres so zu leiten, daß es sich dem menschlichen Willen unterordnet. Der Stier, seit Jahrtausenden Symbol der Wildheit und Kraft, erliegt in diesem körperlich ungleichen Kampf dem Schwachen, und unter allen Schwachen war er, Belmonte, der Schwächste.

Daran dachte der alte Mann, als sie den schmutzigen Fluß entlang fuhren. Er dachte an Joselito el Gallo, der ein Jahr vor ihm auf der Plaza Real Maestranza hier in Sevilla als Torero aufgenommen worden war. Joselito war damals sechzehn. Er beherrschte alle bis dahin bekannten Kampfstile mit außergewöhnlicher Perfektion und Kunstfertigkeit.

Sieben Jahre lang, von 1913 bis 1920, dauerte der Wettstreit zwischen diesen beiden wahrhaft Großen. Diese Zeit wird noch heute das goldene Zeitalter des Stierkampfes genannt. Sie erschien dem alten Mann in der Rückschau wie ein großer glühender Rausch. Er endete am 16. Mai 1920.

An diesem Tag starb Joselito el Gallo in der Arena Talavera de la Reina in Toledo durch den Stier Beilaor aus der Zucht der Witwe Ortega. Der alte Mann hatte noch jede Einzelheit dieses Tages im Gedächtnis. Der Kampf war eine Begegnung zwischen Joselito und seinem Schwager Ignacio Sanchez Mejias gewesen, der kurze Zeit später ebenfalls an den Folgen eines Hornstoßes starb, und dem Lorca eines seiner schönsten Gedichte gewidmet hat.

An jenem 16. Mai hatte Belmonte hinter der Barrera direkt an der Arena gestanden und dem Kampf zugeschaut. Der Stier war ein Astigordo, ein Tier mit besonders spitzen Hörnern.

Es war ein guter und sauberer Kampf.

Als Joselito den Degen zum Todesstoß hob, lag eine Stille über der Arena, daß man das Fallen eines Blattes vernommen hätte. Er lag fast über dem Stier, da geschah das Entsetzliche. Ein Hachazo, ein besonders starker Stoß, den der Stier beim Heben des Kopfes mit den Hörnern ausführt, traf den Freund dicht unter dem Herzen in die Brust.

Er hatte Joselito in der kleinen weißgekalkten Kapelle der Arena sterben sehen. Das Röcheln des Sterbenden übertönte die Worte des Priesters, der ihm hastig die Letzte Ölung erteilte. Sie alle, die um sein Lager standen, hatten geweint wie die Kinder.

Der alte Mann dachte an die Worte der Señora Gabriela, der Mutter des Joselito, die selber Ehefrau, Nichte und Cousine von zahlreichen Toreros war. Sie hatte voller Stolz von ihrem Sohn gesagt: »Ihm kann kein Stier etwas anhaben, es sei denn, er überraschte ihn schlafend im Bett.« Und er dachte an die Worte der jungen Zigeunerin, die vor einem Kampf in Sevilla zu ihnen gekommen war und Joselito den

Tod durch einen Stier prophezeit hatte. Zu ihm hatte sie gesagt: »Über deinem Leben steht der Satz: Das Schwache wird das Starke besiegen.« – »Sie meint, du wirst als Opa im Bett sterben«, hatte Joselito ihn gehänselt.

Belmonte hatte viele Matadoren sterben sehen: Valencia, Maera, Manuel Granero, der schon zwei Jahre nach seiner Aufnahme in der Arena von Madrid den Tod fand. Der alte Mann hatte sie alle überlebt. Aber seit dem Tode Joselitos hatte er oft vor dem Kampf an den Kralen der Arena gestanden und hatte sich die Tiere angeschaut, mit denen er am nächsten Tag zu kämpfen hatte. Jeder Stier konnte sein Tod sein, und er vergaß nie das grauenhafte Röcheln Joselitos. Aber er vergaß auch nie die Worte der jungen Zigeunerin: »Über deinem Leben steht der Satz: Das Schwache wird das Starke besiegen.«

Nach dem Tode Joselitos war er als absoluter Meister zurückgeblieben. Ein paarmal hatte er sich vom Stierkampf zurückgezogen. Er hatte zwei oder drei Jahre ausgesetzt und hatte dann bei seiner Rückkehr mit noch größerer Meisterschaft gekämpft als zuvor. Auch darin bildete er eine glückliche Ausnahme, denn nur ganz selten gelingt einem Torero ein Comeback in die Arena, in der er seinen festen Platz verloren hat. Aus der ganzen Welt kamen jetzt die Kenner, um ihn kämpfen zu sehen. Als bei einem dieser großartigen Kämpfe ein Getränkeverkäufer es wagte, seine Ware zu verkaufen, sprang der spanische Philosoph Ortega y Gasset, der ein glühender Verehrer Belmontes war, auf und rief: »Aus dem Tempel mit dem Händler!« Belmonte wurde verehrt wie ein Gott.

Bis zuletzt hatte er die Menschen durch seinen unvergleichlichen Kampfstil begeistert, das endgültig letzte Mal im Frühjahr 1945. Es war eine glückliche Zeit gewesen.

Der alte Mann blickte auf den Fluß und dachte an die Arenen von Córdoba, Pamplona, Madrid, Sevilla und an die von Linares. Er kannte sie alle. Er hatte alle Toreros seiner Zeit überlebt, und dabei hatte, bis auf Manolete, keiner so dicht am Stier gekämpft wie er.

Er war so in Gedanken vertieft, daß er es nicht wahrnahm, als der Wagen auf dem Kiesweg seiner Ranch stoppte. Erst als Antonio die Wagentür öffnete, blickte er auf. »Hol Diego!« sagte er. »Er soll sich beeilen. Wir reiten hinaus zu den Vaqueros, und sag ihm, er soll Garochas und Muleta mitbringen.«

Der Stalljunge brachte sein gesattel.tes Lieblingspferd Marvilla und half ihm, den Fuß in den Steigbügel zu setzen.

Als Belmonte im Sattel saß, ritt Diego Mateos,

der Verwalter der Ranch, in den gepflasterten Hof. Unter dem Arm trug er zwei Garochas, lange Holzlanzen mit Stahlspitzen, mit denen die berittenen Hirten Andalusiens das Vieh vor sich hertreiben.

Er sagte halb sorgenvoll, halb scherzhaft: »Sie wissen, Don Juan, daß der Arzt Ihnen das verboten hat.«

Belmonte winkte lächelnd ab. Als sie aus dem Hof trabten, hatten sie jeder eine Garocha unter dem Arm. Bei einem Erlenwäldchen trafen sie auf die Herde. Belmonte suchte ein zweijähriges Stierkalb aus, und die Jagd begann. In gestrecktem Galopp jagten sie die Tiere vor sich her, wobei sie mit ihren Holzlanzen den Jungstier von der Herde trennten und zu Fall brachten. Als er wieder auf die Beine kam, gab er die Flucht auf.

Seine Nüstern bebten vor Zorn und Anstrengung, und seine Flanken gingen auf und nieder. Einen Augenblick schien er zu zögern, dann griff er mit gesenktem Kopf an.

Belmonte glitt aus dem Sattel und sagte: »Gib mir die Muleta!« Mateos starrte ihn erschreckt an. »Don Juan, der Doktor ...«

»Gib mir die Muleta, Diego!«

Der Verwalter knüpfte das rote Tuch aus der Satteltasche, wobei er dem Angriff des jungen Stieres mit einer halben Drehung seines Pferdes auswich.

Belmonte schlug die Muleta auseinander. Seine Augen blitzten vor Kampfeslust. Er war nicht mehr der alte Mann. In gerader Linie stand er dem Stierkalb gegenüber, die dreifach gefaltete Muleta in der linken Hand, den Holzdegen in der rechten. Er reizte den Eral durch eine leichte Vorwärtsbewegung des Tuches, und als dieser angriff, bewegte er den Arm so geschickt, daß er die Laufbahn des Stieres abschätzen konnte, und der Eral in einer leichten Kurve dicht an ihm vorbeischnellte. Der Bewegungsablauf war so gleichmäßig und so sicher auf den Angriff des Tieres abgestimmt, daß während der ganzen Figur der Abstand zwischen den gesenkten Hörnern und dem scharlachroten Tuch der gleiche war. Bei der kleinsten Abweichung hätte der Eral zugestoßen, und eine Verwundung wäre bei der geringen Entfernung und der Wucht des Angriffes mehr als wahrscheinlich gewesen.

Der Verwalter hielt den Atem an. Was Belmonte da zeigte, war die reinste und zugleich gefährlichste Art des »pase naturale«.

Durch eine leichte Drehung der Füße brachte sich Belmonte erneut in den Blickpunkt des angriffslustigen Tieres. Er wiederholte eine ganze Reihe natürlicher Phasen mit der gleichen spielerischen Kunstfertigkeit und beendete den ersten Gang mit einem »pase pecho«, den er einmal selbst entwickelt und berühmt gemacht hatte. Er schleifte das Tuch dicht über den Boden und hob es in letzter Sekunde wie eine Fahne hoch über den Stier empor, so daß die Muleta über den Rücken des Stieres glitt und beide eins zu sein schienen. Das Stierkalb hatte ihn so dicht passiert, daß es eine dunkle Schweißspur an der grauen Bolerojacke hinterlassen hatte.

Zwanzig Posen vollführte Belmonte. Dann hinkte er zu seinem Pferd, ohne den erschöpften, schwer atmenden Jungstier weiter zu beobachten.

»Großartig!« rief Mateos. »Großartig!«

Er sprang vom Pferd und umarmte seinen Herrn.

»Sie sind immer noch der Größte!«

Belmonte strahlte wie ein großer Junge.

»Laß uns einen anderen fangen«, sagte er und kletterte auf sein Pferd.

»Um Gottes willen, Don Juan, es ist genug.« Der Verwalter wurde blaß. »Ihr seid hervorragend, aber...«

»Laß uns einen anderen fangen.«

Sie trennten noch zwei Erals von der Herde, und Belmonte kämpfte mit der gleichen Großartigkeit. Doch am Ende war er wieder der alte Mann, zitternd vor Anstrengung, naßgeschwitzt, nach Atem ringend und verbraucht.

Und er, der sein ganzes Leben lang gegen seine eigene Unvollkommenheit gekämpft und gesiegt hatte, sagte: »Bring mir den großen Cornalon, den wir für Mexico ausgesucht haben!«

Er sagte es so, daß der Verwalter nichts zu erwidern wagte.

Diego Mateos ritt schweigend davon. Als er nach zwanzig Minuten zurückkam, sagte er: »Ich kann ihn nicht finden.«

Es war eine Lüge.

Belmonte sah ihn traurig an. Dann sagte er: »Danke, Diego.« Er hatte verstanden.

Auf dem Rückweg sahen sie auf der Weide eine Herde fünfjähriger Kampfstiere. Belmonte hielt sein Pferd an und sah lange zu ihnen hinüber.

»Es ist vorbei«, sagte er.

Und er sagte es so, daß Mateo nicht wagte, ihn anzusehen.

»Sie waren großartig vorhin«, sagte er, »Sie sind immer noch der Größte.«

Belmonte sah liebevoll auf die Stiere. »Mein Leben hat ihnen gehört.« Und dann sagte er bitter: »Jetzt sind es Kälber, bald sind es vielleicht Ziegen.«

Er hatte verloren.

Er sah noch einmal zu den Stieren, deren schwarzes Fell wie andalusischer Samt in der Sonne glänzte. Dann gab er seinem Pferd die Sporen.

Als sie zur Ranch kamen, verabschiedete sich der

alte Mann von seinem Verwalter mit Handschlag: »Ich danke dir, Diego, ich danke dir für alles.«

Als man ihn fand, lag er unter dem lebensgroßen Bild, das einmal Zuloaga, der bedeutendste spanische Maler seines Jahrhunderts, von ihm gemalt hatte. Es zeigt den jungen Belmonte, den größten Torero aller Zeiten, in der Arena von Sevilla. Er hatte sich erschossen.

Drei Kälber vernichteten den Mann, der Hunderte von Kampfstieren getötet hatte. Wie hatte die Zigeunerin in Sevilla gesagt: »Über deinem Leben steht der Satz: Das Schwache wird das Starke besiegen!«

Der Verdacht

In einem Vorort von Johannesburg stand auf einem englischen Rasen ein schiefergedecktes Landhaus mit zwei mächtigen viktorianischen Kaminen, die in seltsamem Gegensatz zu dem immergrünen tropischen Garten standen. In dem Haus lebte ein englischer pensionierter Major mit seinem schwarzen Boy.

Der Major verbrachte die meiste Zeit des Tages im Haus. Er schrieb seine Memoiren. Der Boy arbeitete die meiste Zeit des Tages im Garten. Er pflegte den Rasen. Der Major hieß mit bürgerlichem Namen Randolph B. Lloyd, der Boy hieß in der Sprache seines Stammes Ndumi Nzukizonke Labola. Der Major nannte ihn James, und er sagte zu seinem Arbeitgeber kurz und bündig Sir.

Ihr Verhältnis war von militärischer Art. Der Major behandelte seinen Schwarzen nicht wie einen Diener, sondern wie einen Soldaten. Sie lebten beide in einer männlichen Welt, in der Frauen nur die untergeordnete Rolle von gelegentlichen Manöverbesuchern spielten. Der Major, der unter Montgomery gegen Rommel gekämpft und gesiegt hatte, pflegte zu sagen: »Der Wüstenkrieg war der letzte ritterliche Krieg der Weltgeschichte, da es in der Wüste nur Männer gab.«

Der Major, ein eingefleischter Junggeselle, duldete keine weiblichen Angestellten. Sie hätten die häusliche Ordnung, die auf militärischen Traditionen fußte, gestört.

Punkt sechs im Sommer und Punkt sieben im Winter erhob sich der Major von seinem spartanischen Lager. Er machte sein Bett selber, wie er es auf der Militärakademie gelernt hatte, absolvierte zwölf Liegestütze und duschte kalt. Das selbstbereitete Frühstück bestand im wesentlichen aus Porridge, Toast und Tee, den er sich gemeinsam mit seinem Whisky und Pfeifentabak von Harrods aus London zuschicken ließ.

Aus Angst vor einem unsoldatischen Bauch aß er grundsätzlich nie zu Mittag. Kurz vor Sonnenuntergang pflegte er sich umzukleiden. Im Schaukelstuhl auf der überdachten Terrasse trank er den ersten Whisky des Tages. Er rauchte eine Pfeife und wartete, daß man ihn zu Tische bat. Das abendliche Dinner wurde von James zubereitet und serviert. Er hatte es auf diesem Gebiet zu erheblicher Meisterschaft gebracht. Vor allem seine Suppen und Saucen wurden von allen Gästen des Majors gelobt. Dieses ungetrübte Verhältnis dauerte fast sechs Jahre.

Eines Abends im September machte der Major eine Entdeckung, die die fast rituelle Ordnung seines Hauses aufs äußerste bedrohte. Die untergehende Sonne hatte den Horizont fast berührt. Die blühenden Yakarandabäume verströmten ihren schweren Duft in den südafrikanischen Frühlingsabend. Der Major saß in seinem Schaukelstuhl auf der Terrasse und stopfte sich seine Lieblingspfeife. Als er gewohnheitsmäßig nach seiner Whiskyflasche griff, die er am Abend vorher entkorkt hatte, stellte er erstaunt fest, daß sie nur noch etwas mehr als halbvoll war. Er nahm sie in die Hand und hielt sie gegen den leuchtenden Abendhimmel.

Er trank nie mehr als drei, vier Gläser am Abend. Mit dem, was er sich bereits eingegossen hatte, waren das seit gestern höchstens fünf Whisky gewesen. In der Flasche aber fehlte mehr. Jemand war an seinem Whisky gewesen. Er sah fragend zum Küchentrakt hinüber, in dem James geschäftig mit den Pfannen und Töpfen klapperte.

»Du verfluchter Hundesohn«, sagte er grimmig. »Meinen Whisky . . .!«

Als James ihn eine Viertelstunde später zu Tisch rief, lief der Major mit langen Schritten auf dem Kiesweg auf und ab. Er zwirbelte grimmig seinen mächtigen Schnurrbart, als grübele er über einem Angriffsplan. Seine Augen blitzten wie vor der

Schlacht bei El Alamein. Die Operation James hatte begonnen.

Am nächsten Morgen fuhr der Major mit seinem sandfarbenen Jeep in die Stadt, um ein paar Einkäufe zu erledigen. Als er mittags zurückkam, grub James im Hintergrund des Gartens den Komposthaufen um. Der Major ging als erstes zu dem Spiegelschrank, in dem er seine alkoholischen Getränke aufbewahrte. Er hatte den Flüssigkeitsspiegel in der Whiskyflasche mit einem feinen Bleistiftstrich auf dem Etikett markiert. Er war unverändert an der gleichen Stelle. Vorsichtig stellte er die Flasche zurück.

»Na, wenigstens säuft er nicht schon morgens.« Den Nachmittag verbrachte er im oberen Geschoß des Hauses, um dem Feind die Gelegenheit des nächsten Schrittes zu geben. Wie hatte Montgomery von seinem Gegner, dem Wüstenfuchs Rommel, gesagt: »Einen Fuchs fängt man nicht, indem man hinter ihm herläuft, man stellt ihm eine Falle und wartet.«

Am Abend gab es das Leibgericht des Majors, Roastbeef mit Remouladensauce und Röstkartoffeln. Aber der Major aß ohne Appetit. Die Flasche war immer noch unberührt. Hatte der Gegner etwas bemerkt? Vielleicht hatte er nur beim Staubwischen etwas von dem Whisky verschüttet. Aber die Flasche war immer gut verkorkt und konnte nicht auslaufen.

Am darauffolgenden Tag erwartete der Major einen Gast.

Doktor Paddington war ein großer, schwerer Mann, dem man ansah, daß er gerne aß. Seine Haut war tiefbraun gegerbt. Er hatte den größten Teil seines Lebens in den Kolonien verbracht. Regelmäßig einmal die Woche trafen sich die beiden Junggesellen wechselseitig im Haus des einen oder des anderen, um miteinander zu Abend zu essen und Schach zu spielen.

Diese abendlichen Dinners waren für James und Elton, so hieß der Koch von Doktor Paddington, eine Art sportlicher Wettkampf. Jeder versuchte, den anderen mit seinen Kochkünsten zu überflügeln. Wenn der Major von einem Essen im Hause des Doktors ein Rezept mitbrachte, so empfand das James als fürchterliche Niederlage. Umgekehrt litt Elton unter den Lobreden seines Masters auf die »unnachahmlichen« Saucen und Suppen im Hause des Majors. So ist es nicht verwunderlich, daß an diesem Tag James den größten Teil des Nachmittags in der Küche und im Haus verbracht hatte.

Als der Major am Abend zur Whiskyflasche griff, sah er, daß der Inhalt zwei Zentimeter unter dem Kontrollstrich lag.

»Also doch«, schoß es ihm durch den Kopf.

Erstaunlicherweise schien er mehr befriedigt als enttäuscht zu sein.

Man hatte ihn herausgefordert. Nun kam es auf sein taktisches Können an. Während James die Suppe servierte, beobachtete der Major ihn mit den Augen eines Feindaufklärers. Er sah in das offene unschuldige Gesicht und bewunderte die saubere Tarnung des Gegners. James füllte die klare Brühe in die vorgewärmten Tassen, trat ein paar Schritte zurück und hing mit fragenden Blicken an den Lippen seiner Gäste.

»Phantastisch«, sagte der Doktor und schnalzte mit der Zunge. »Was ist das?«

»Schildkrötensuppe à la Lady Curzon«, sagte der Schwarze. Die Suppe war hervorragend. Der Doktor nahm eine zweite Tasse. Der Major verzichtete. Er betrachtete die wulstigen, leicht aufgeplatzten Lippen des alten Negers. Ob er wohl aus der Flasche trank? Ihn schauderte bei der Vorstellung, wie diese Lippen seinen Whisky aus der Flasche saugten.

»Eigentlich sollte ich ihn entlassen«, dachte er. »Aber werde ich einen so guten Mann wieder bekommen? Ich muß mit ihm reden. Und dann? Dann säuft er wahrscheinlich heimlich. Er wird meinen guten Whisky mit Wasser verpanschen, damit ich nicht merke, daß er an der Flasche war.«

Je länger der Major das Thema zerdachte, um so komplizierter erschien es ihm. Die Lösung dieser Angelegenheit war, wie bei allen Konflikten im Anfangsstadium, nicht so sehr Sache des Militärs als vielmehr der Diplomatie.

Der Major spielte an diesem Abend so unkonzentriert, daß er nicht eine Partie gewann.

Am nächsten Tag fehlte wieder ein Zentimeter Whisky. Am Tag darauf war es das gleiche. James schien keine Hemmungen mehr zu haben. Der Major war enttäuscht. Er hatte gehofft, einen geschickteren Gegner vor sich zu haben. Mehr noch als der Verlust des Whiskys ärgerte ihn die Tatsache, daß der Schwarze ihn offensichtlich für schwachsinnig hielt. Er machte nicht den geringsten Versuch, den Diebstahl zu kaschieren.

Ich muß ihm einen Denkzettel verpassen, eine Niederlage, die er nicht vergißt. Der Major schwelgte in Schlachtplänen. Es vergingen zwei weitere Tage. Der Flüssigkeitspegel in der Flasche fiel, und der Zorn des Majors stieg. Er gab sich größte Mühe, die Ruhe zu bewahren.

Haß war seiner Meinung nach eine weibische Eigenschaft von Zivilisten. Wie hieß es doch in einem Gesang des König Artus: »Auf ewig ehrlos, wer beim Töten lacht.«

Ein Kapitel in seinen Memoiren war dem kameradschaftlichen Respekt der Gegner in der Wüste gewidmet. Sie hatten die deutschen Wüstenfüchse bekämpft, aber geachtet. Krieg war für ihn wie Schach ein königliches Spiel.

Er würde James schlagen, aber nicht mit einer Eierhandgranate, sondern mit dem Florett. Er würde ihn an seiner verwundbarsten Stelle treffen. James ekelte sich vor den harmlosesten Dingen. Krebse hielt er für große häßliche Käfer und Milch für eiterartiges Blut. Er aß keine Eier, weil sie aus dem Hintern eines Tieres stammten, und verabscheute Nieren, weil sie angeblich nach Urin rochen.

Am Ende der Woche, der Stand des Whiskys in der Flasche war um acht Zentimeter gefallen, holte sich der Major eine alte leere Whiskyflasche aus dem Keller und verschwand mit ihr hinter der Toilettentür. Als er wieder zum Vorschein kam, war die Flasche mit einer lauwarmen Flüssigkeit gefüllt, die mit importiertem schottischem Whisky nur noch die goldgelbe Farbe gemeinsam hatte. Er vertauschte die neue Flasche mit der alten und fuhr gut gelaunt zu Doktor Paddington. Er aß dort mit gutem Appetit geröstete Lammschulter mit Artischocken und gewann drei von vier Schachpartien. Den ganzen Abend dachte er an die Flasche. Er würde James eine Lehre fürs Leben erteilen. Bei seiner Rückkehr stellte er fest, daß nichts aus der Flasche fehlte. Hatte James den Braten gerochen?

Am anderen Tag waren zwei Zentimeter Flüssigkeit weniger in der Flasche, aber der Schwarze tat so, als wäre nichts geschehen. Der Major war sprachlos. Am nächsten Tag fehlte wieder ein fingerbreiter Streifen. Sollte James, der Meisterkoch erlesener Suppen und feiner Saucen, wirklich nicht den Unterschied zwischen schottischem Whisky und englischem Urin erkennen? Das war doch nicht möglich. Oder hatte er den Betrug gemerkt und goß nun einfach jeden Tag eine bestimmte Menge aus der Flasche fort, um sich zu rächen?

Am dritten Tag, es fehlten wieder zwei Zentimeter, hielt es der Major nicht mehr aus. Er rief James zu sich und sagte: »James, du bist ein guter Gärtner und ein hervorragender Koch.« Der Schwarze strahlte über das ganze Gesicht. Es war selten, daß der Major ihn lobte. Da war nicht die geringste Spur eines schlechten Gewissens. Der Major sah ihm ernst und fest in die Augen, so als stünden sie beide vor dem obersten Kriegsgericht Ihrer königlichen Majestät. Es war totenstill im Raum.

»Du bist ein Dieb«, sagte der Major, »ein unehrenhafter, gemeiner Dieb. Du hast mein Vertrauen mißbraucht, und ich werde dich dafür bestrafen.« Der Schwarze sah ihn mit großen Augen an. »Früher bekam ein Soldat der kolonialen Schutztruppe bei erwiesenem Kameradendiebstahl fünf Schläge mit der Nilpferdpeitsche. Ich werde dir den Preis von zwei Flaschen Whisky von deinem nächsten Gehalt abziehen. Im Wiederholungsfall wirst du fristlos entlassen. Ist das klar? Was hast du zu deiner Entschuldigung vorzubringen?«

James tat so, als verstünde er ihn nicht. Er stand da mit offenem Mund. Plötzlich ging ein Leuchten über sein Gesicht.

»Ach so«, sagte er, »das ist es. Sie denken, ich trinke Ihren Whisky. Das ist nicht wahr.« Er schüttelte verneinend seinen kraushaarigen Kopf. »Das ist nicht wahr! In jede Sauce und in jede gute Suppe gehört ein guter Schuß Whisky. So heißt es in Ihrem Kochbuch, und so mache ich es. Aber was ist denn los?« Der Major hörte die Frage nicht mehr. Er war zur Toilette gestürzt, dieses Mal ohne leere Whiskyflasche. Er hatte die Schlacht verloren.

Miss Morrison

Als Norman Nay erwachte, lag er in einem Zimmer, das er nicht kannte. Durch die herabgelassenen Jalousien fiel spärliches Licht. Es mußte frühmorgens oder bereits Abend sein. Es war totenstill, nur eine Fliege brummte zornig gegen das Fensterglas.

Norman Nay versuchte sich zu erinnern.

Der Raum, in dem er lag, war etwa vier Meter im Quadrat. Ein Stuhl, ein Nachttisch, ein weißes Stahlbett, an der Wand neben der Tür ein hölzernes Kruzifix. Es war ein typisches Krankenhauszimmer. Er drehte sich zur Wand und weinte. Es war immer dasselbe. Warum ließen sie ihn nicht in Ruhe? Es war doch sein Leben, das er zerstörte oder das er zerstören wollte, und das man ihm jedesmal wieder zurückgab, ohne ihn gefragt zu haben. Jetzt schon das vierte Mal. – Draußen im Flur ertönten Schritte. Er atmete erleichtert auf, als sie vorübergingen. Er wollte allein sein.

Wer ihn wohl gefunden hatte? Nach dem letzten verunglückten Selbstmord in einem Seitenarm der Themse hatte er dieses Mal alles noch sorgfältiger geplant. Er hatte eine Wohnung in der City gemietet, in einem jener Häuserblocks, in denen man sich nicht um seine Nachbarn kümmert. Die meisten Hausbewohner waren berufstätig. Er mußte warten, bis alle gegangen waren. Dann entschloß er sich, die Schlaftabletten zu nehmen. Erst als er spürte, wie die Müdigkeit ihn mehr und mehr lähmte, hatte er in der Küche die Gashähne geöffnet und sich neben den Herd gelegt, damit er dem ausströmenden tödlichen Element so nahe wie möglich sein konnte.

Ein paarmal war er aufgestanden, um Kniebeugen zu machen, dabei hatte er den Tod tief in sich hineingesaugt, so tief und gierig wie ein Großstädter, der den ersten Frühlingstag des Jahres erlebt. Dann verlor sich seine Erinnerung in dem rauschenden Strom des süßen Gases. Oder war es bereits das Rauschen der Unendlichkeit gewesen?

Draußen ertönten wieder Schritte. Sie machten vor seiner Tür halt. Norman Nay hielt den Atem an.

»Nein«, dachte er, »nicht jetzt.« Er schloß die Augen und hörte das Aufklinken der Tür.

Eine Hand legte sich auf seine Stirn. Vier Finger umkrallten sein Handgelenk, ein kalter Daumen befühlte seinen Puls. »Warum das alles bloß«, drehten sich seine Gedanken. »Ich bin doch kein Kranker, der Hilfe braucht. Ich bin ein Mensch, der sich danach sehnt, friedlich zu sterben. Ich bin fertig mit dem Leben. Es kotzt mich an.«

Er verfluchte diese Samariter an seinem Bett, die ihn immer wieder mit dem Lasso der christlichen Barmherzigkeit einfingen, aufpäppelten und zurückstießen in ein Leben, das er bis zum Selbstekel verabscheute.

Er hatte kein Talent zum Leben, und er hatte kein Geschick zum Sterben. Sie holten ihn immer wieder zurück, wie geschickt er es auch anstellte. Oh, er haßte dieses Wiedergeborenwerden in einem Krankenhaus mit vernähten Pulsadern, ausgepumptem Magen oder mit geschienten Knochen. Das Schrecklichste aber war das Mitleid, das man ihm ungewollt entgegenbrachte und dem er widerstandslos ans Bett gefesselt ausgeliefert war. Am meisten haßte er die Krankenhauspfaffen, die mit dem Neuen Testament in der Hand und der Güte von Milchschafen in ihren glattrasierten Gesichtern stundenlang an seinem Bett saßen, um ihn mit salbungsvollen Worten in ihre sterile Lebensgemeinschaft zurückzuholen.

Durch seine Wimpern hindurch erkannte er mit fast geschlossenen Augen eine alte Schwester in weißer Tracht, die so selbstsicher an ihm herumhantierte, als wäre er ein Gebrauchsgegenstand aus ihrem Privatbesitz.

Er schloß die Augen und versuchte zu schlafen.

»Schlafen ist fast so gut wie tot sein. Wenn nur dieses ekelhafte Erwachen nicht wäre.«

Als er wieder zu sich kam, schien die Sonne durch die Ritzen des Rollos. Er versuchte sich aufzurichten.

»Schön liegen bleiben!« sagte eine Stimme.

Er drehte sich erschrocken zur anderen Seite und gewahrte wieder die alte Schwester. Sie lächelte ihn an, aber es war ein professionelles Lächeln. Er kannte dieses Mitleid heuchelnde Grinsen der Schwestern und Pfleger. Es war wie das Schulterklopfen der Ärzte, die einem auf die burschikose Masche Mut machen wollen.

»Nun sehen Sie mal, was ich Ihnen Feines mitgebracht habe«, sagte die alte Schwester.

»Wie zu einem Kind«, dachte er, »sie spricht zu mir wie zu einem kleinen Kind.«

Das war die schlimmste aller Krankenhausmaschen, die er kannte. Sie richtete ihn auf und setzte einen Becher aus dickem Porzellan an seine Lippen. Es roch nach heißer Brühe. Er drehte angewidert seinen Kopf zur Seite.

»Ich möchte eine Zigarette, bitte, Schwester.«

»Wenn Sie das ausgetrunken haben, werde ich den Chef fragen. Vielleicht erlaubt er Ihnen zwei Züge.«

Norman Nay schlürfte die heiße Brühe in sich hinein und hoffte auf das Ja des Chefarztes.

Der Doktor war ein kleiner, magerer Mann mit mausgrauen Augen hinter dicken Brillengläsern. Er sprach nicht viel, und Norman Nay war ihm dankbar dafür. Er verbot das Rauchen nicht, verschob es aber auf den nächsten Tag.

»Wegen des Leuchtgases, wissen Sie, wir müssen Ihre Lungen jetzt noch ein wenig schonen. Haben Sie noch irgendeinen Wunsch?«

Er verneinte, und als der Doktor schon an der Tür war, sagte er: »Ich möchte gern allein sein.«

Zu Mittag kam die Schwester wieder. Sie trug ein Essentablett. Er aß aus Angst, sonst nicht rauchen zu dürfen. Es schmeckte scheußlich.

Als er am Nachmittag erwachte, saß eine ältere Dame in dunkelblauem Kostüm neben seinem Bett. Als sie seinen erstaunten Blick auf sich gerichtet spürte, sagte sie mit leichtem Kopfnicken: »Morrison, Miss Morrison.«

Und als er schwieg, fuhr sie fort: »Es war nicht leicht, zu Ihnen zu gelangen. Ihre Pfleger bewachen Sie, wie Raubvögel ihre Brut. Rauchen Sie?«

Sie holte eine Schachtel Zigaretten aus ihrer Handtasche und reichte sie ihm. Als er einen Augenblick zögerte, fragte sie: »Haben Sie Angst vor der Schwester, oder fürchten Sie um Ihre Gesundheit?«

Das letztere sagte sie so betont, daß er sie erstaunt ansah. Er zog mit fast unanständiger Gier den Zigarettenrauch in sich hinein und lehnte sich entspannt zurück.

Sie sah nicht aus wie eine Schwester. Sie wirkte wie eine freundliche Zimmervermieterin oder ein Vorstandsmitglied eines Tierschutzvereins. Norman Nay verglich sie mit einem Weihnachtsapfel: appetitlich, rotbäckig und hübsch anzuschauen, wenn auch schon ein klein wenig welk. Ihr weißes Haar stand in seltsamem Gegensatz zu ihrer frischen Gesichtsfarbe und hatte den bläulichen Schimmer von Neuschnee. Das Auffallendste aber waren ihre hellblauen Augen. Sie schienen auf eine seltsam kuriose Weise nicht mitgealtert zu sein und gaben dem Gesicht eine leicht spöttische Note.

»Kommen wir zur Sache«, sagte sie lächelnd. »Ich fürchte, es bleibt uns nicht viel Zeit. Ihre Bewacherin wird jeden Augenblick erscheinen. Lassen Sie mich daher bitte ausreden und unterbrechen Sie mich nicht. Ich will versuchen, mich so kurz wie möglich zu fassen. Sie heißen Norman Nay und wurden vor drei Tagen in dieses Hospital hier in der Unfallstation eingeliefert. In Ihrer Karteikarte steht: Leuchtgasvergiftung. Fenster und Türen Ihrer Wohnung waren von innen mit feuchten Tüchern sorgfältig abgedichtet. Sie lagen, als man Sie fand, auf einer Matratze neben dem Gasherd in der Küche. Man hat Ihnen den Magen ausgepumpt, weil Sie

Schlaftabletten genommen hatten. Ich erwähne diese Fakten, weil sie einen Unfall ausschließen. Sie haben den Tod gesucht, wiederholt und stets vergeblich. Das letzte Mal vor neun Monaten. Es muß äußerst beschämend sein, immer wieder in einem dieser drittrangigen Krankenzimmer aufzuwachen. Ich habe es mir daher zu meiner Lebensaufgabe gemacht, Menschen wie Ihnen in ihrer seelischen Not zu helfen...«

»Ach, daher weht der Wind«, dachte Norman Nay. »Heilsarmee, Bibelforscher oder gar...«

»Ich habe daher«, unterbrach die alte Dame seinen Gedankengang, »eine Art Sanatorium gegründet, das lebensmüden Menschen helfen will, den Tod zu finden, den sie suchen und auf den sie meiner Meinung nach ein Recht haben.«

Er starrte sie entgeistert an.

»Wenn ein Mensch frei sein soll – und wir Engländer bilden uns sehr viel auf dieses Recht ein –, so muß er auch das Recht haben, sich zu vergiften und zu töten. Ich habe zu diesem Zweck in der Grafschaft Kent einen alten Herrensitz erworben, den wir aus Gründen der Pietät als Sanatorium in die Ortsliste des Telephonverzeichnisses haben eintragen lassen. Sie werden dort den kultivierten Frieden vorfinden, den Sie sich als krönenden Abschluß Ihres Lebens erhoffen. Und seien Sie versichert, es wird Sie niemand mehr zurückstoßen in ein Leben, das Sie verabscheuen.«

Draußen ertönten Schritte im Gang. Die alte Dame erhob sich und legte ein weißes Kärtchen auf den Nachttisch. Als Norman Nay allein war, betrachtete er die Visitenkarte.

Sanatorium White Bridge Castle
White Bridge/Kent Tel. 14 19 35

Norman Nay war der einzige Reisende auf dem ländlichen Bahnhof, der den Zug verließ. Ein weißhaariger Kutscher verstaute seine Koffer unter die Ledersitze. Er knallte mit der Peitsche, und die beiden Rappen trotteten langsam durch den herbstlichen Abendnebel. Die Pappeln links und rechts der Straße sahen aus wie Friedhofsbäume. Eine tiefe Stille lag über dem Land. Norman Nay genoß die Fahrt.

Er fuhr zu seiner eigenen Beerdigung.

Das efeuumrankte Gemäuer von White Bridge Castle war uralt. Auf allen Dächern wucherte das Moos, und die Ketten der Zugbrücke waren von Rost zerfressen. Der Park leuchtete in den hektischen Feuerwerksfarben der letzten Herbstblumen. Es duftete nach reifen Äpfeln und welkem Kastanienlaub.

Über dem Sandstein-Portal mit mächtigen Eichenholztüren hing ein Familienwappen mit einem Engel, der ein Schwert trug. In der Halle brannte in einem gotischen Kamin ein offenes Feuer. An allen Wänden hingen Waffen und Jagdtrophäen.

Miss Morrison empfing ihren »Kurgast« wie einen nahen Verwandten, der nach langjähriger Abwesenheit aus einem fernen Land heimgekehrt war. Sie führte ihn eine breite geschwungene Treppe empor, wo sich die Schlafzimmer befanden. Alle Wände waren bis unter die hohe Stuckdecke getäfelt. Das Holz hatte den matten, warmen Glanz alter Geigen. Später stand Norman Nay auf dem weinüberrankten Balkon vor seinem Fenster. Der Blick reichte weit über den Park hinaus über Wiesen und abgeerntete Felder bis zum bewaldeten Horizont, wo die Sonne als riesenhafter Feuerball bereits halb versunken war. Der Garten verströmte seinen schweren Duft, und die Bäume rauschten wie ein fernes Meer.

Die Flügeltüren zum Salon standen weit offen. In dem festlichen Licht vieler Kerzen und Spiegel unterhielt sich ein kleiner Kreis von elegant gekleideten Menschen aller Altersstufen. Miss Morrison stellte ihren neuen Gast vor. Sein Platz an der abendlichen Tafel – Breakfast und Lunch wurden auf den Zimmern serviert – war neben einer jungen blassen Frau von zerbrechlicher Schönheit. Sie wich allen

Fragen aus, rührte ihre Speisen kaum an und schien wie in Trance.

Die tiefe Traurigkeit der zu früh vom Tod Gezeichneten ging von ihr aus. Sie bewegte sich mit der Unbefangenheit, wie sie manchen Tieren zu eigen ist. Norman Nay spürte die leise Wehmut einer Harmonie, welche das Wissen um den Abschied verzaubert. Als er später in seinem Bett lag, konnte er sich an kein Gesicht mehr erinnern. Er wußte nicht einmal mehr genau, was er an diesem ersten Abend in White Bridge Castle gegessen hatte. Er vermochte sich nur an sie zu erinnern, dabei hatte er kaum mit ihr gesprochen.

Am nächsten Morgen weckte ihn das Gurren der Tauben auf dem Balkon. Nach dem Frühstück bat ihn Miss Morrison zu einer kurzen Unterredung in ihr Büro. Sie kam sofort zum Wesentlichen. »Verzeihen Sie, wenn ich Sie mit geschäftlichen Dingen belästige. Ich verspreche Ihnen, daß es das einzige Mal sein wird und daß es nach diesem Gespräch kein anderes mehr geben wird. Sie sind hierher gekommen, um zu entschlafen. Ich und mein Haus werden Ihnen die letzten Stunden vor Ihrem Ableben zu einem würdigen Ausklang-Erlebnis werden lassen. Damit das in reibungsloser Perfektion geschieht, ohne Belastung für den Dahingeschiedenen und ohne Skandal für die Zurückgebliebenen, müssen bestimmte Spielregeln eingehalten werden, um deren strikte Befolgung ich Sie bitten muß. Erstens schreiben Sie bitte einen Abschiedsbrief, aus dem Ihr Freitod eindeutig ersichtlich ist, damit es keine Schwierigkeiten mit der Ortspolizei gibt.

Zweitens bitte ich Sie, mir einen Betrag von fünftausend Pfund auf mein Konto zu überweisen. Diese einmalige Zahlung deckt nicht nur Ihre Lebenskosten auf White Bridge Castle, sondern auch Ihre Bestattung, einschließlich einer würdigen Grabmalpflege für einen Zeitraum von zehn Jahren. Sie können die letzten Tage Ihres Lebens in absoluter Sorglosigkeit verbringen. Aus der Anzahl Ihrer Freitod-Versuche glaube ich ersehen zu können, daß Sie den Tod nicht fürchten. Es gibt also nichts, wie ich hoffe, was Sie zu belasten vermöchte, nicht einmal das Datum Ihres Todes. Ich werde zu einem Zeitpunkt, den ich selbst bestimme, Ihrem Essen ein schnellwirkendes Gift beimischen, nach dessen Einnahme Sie ohne Schmerzen sanft entschlummern werden. Einige meiner Gäste leben seit mehreren Monaten hier.«

»Seit wann ist meine Tischnachbarin hier?« fragte Norman Nay, und Miss Morrison bemerkte, daß er errötete.

»Sie meinen Miss Strydom? Seit zwei Wochen. Sie hat vergeblich versucht, sich die Pulsadern zu öffnen. Die Arme ist unheilbar krank und fürchtet das Ende. Blutkrebs.«

Den ganzen Tag wartete er auf das Abendessen. Ihr Platz am Tisch blieb jedoch leer. Sie hatte sich entschuldigen lassen. Auch am nächsten Abend erschien sie nicht zum Dinner.

Sie blieb den ganzen Tag in ihrem Zimmer.

Er begann, sich Sorgen um sie zu machen. Er aß ohne Appetit. Sein linker Tischnachbar, ein pensionierter Oberst, versuchte ein paarmal, ein Gespräch mit ihm anzuknüpfen, aber Nay war nicht bei der Sache. Schließlich wandte sich der Oberst an die beiden älteren Damen ihm gegenüber, die bisweilen vierhändig auf dem Flügel im kleinen Salon Schubert-Lieder spielten und wie Schwestern aussahen. Außer Miss Morrison wußte niemand, warum sie hier waren. Der Oberst schien auffallend gut gelaunt zu sein. Einmal lachte er sogar so laut, daß Miss Morrison leicht indigniert ihre Teetasse absetzte, worauf ihr der alte Herr halb entschuldigend halb schalkhaft zutrank. Der Oberst, der für gewöhnlich seinen mit einem riesigen Schnauzbart verzierten Mund nur aufmachte, um seine Shagpfeife hineinzustecken, fühlte sich im Mittelpunkt der Tischgesellschaft und genoß die führende Position, die ihm seit der Schlacht von El Alamein nicht mehr vergönnt gewesen war, mit wachsendem Behagen.

»Eigentlich sollten die Juden Wiedergutmachung an die Deutschen zahlen. Und wissen Sie warum?«

Der Oberst genoß das betroffene Schweigen, das seine Frage wie ein Haubitzengeschoß verursacht hatte.

»Was waren die Juden vor dem Krieg? Ein schlappes Volk von Börsenmaklern, Geschäftsleuten und Kunstheinis. Und heute? Heute gehören sie zur soldatischen Elite der Welt, nach dem Motto: Was mich nicht umbringt, macht mich stärker. Überhaupt hat Hitler einen großen Fehler gemacht. Er hätte seine Juden nicht in Konzentrationslager stecken sollen, sondern in SS-Uniformen. Und wissen Sie warum? Mit den Jungs hätte er den Afrikafeldzug gegen uns in fünf Tagen gewonnen.«

Er schlug sich vor Vergnügen über seinen schwarzen Humor auf die Oberschenkel und lachte, bis ihm die Tränen in die faltigen Augenwinkel traten.

Am nächsten Morgen erwachte Norman Nay durch das Klappen einer Wagentür. Es war noch sehr früh am Tag. Er sah auf die Uhr. Es war zehn Minuten nach vier. Er stand auf und ging auf den Balkon. Der alte Kutscher saß auf dem lederbeschlagenen Bock. Die beiden Rappen davor dampften in der Morgenkühle. Hinten auf dem Wagen aber stand mit blanken Beschlägen ein Sarg.

Miss Strydom! Sein erster Gedanke war: Miss Strydom.

Er stürzte die Treppe hinunter, vier Stufen mit einem Satz. Unten in der noch halbdunklen Halle stieß er mit Miss Morrison zusammen. Sie schaute ihn erschrocken an.

»Ist Ihnen nicht gut?«

»Doch, doch«, stammelte Norman Nay. »Ist sie tot?«

»Wer?« fragte Miss Morrison.

»Miss Strydom? Ist sie tot? Der Sarg im Hof.«

»Aber nein. Der Oberst ist heute nacht entschlafen. Er ist glücklich in den Tod gegangen. Ich habe ihn nie so heiter erlebt wie gestern abend. Sie sollten noch etwas schlafen, Mister Nay. Es ist noch sehr früh. Sie sehen schlecht aus. Haben Sie etwa Angst vor dem Tod?«

Die Luft war noch eiskalt von der Nacht. Der Rasen glitzerte vom Tau, und die farblose Klarheit des Himmels versprach einen sonnigen Herbsttag. Er wanderte die Buchsbaumallee hinunter, die ein paar Minuten vor ihm der Oberst in seinem Sarg passiert hatte.

Nach einer Weile schimmerte der kalte metallische Glanz eines Gewässers durch die Bäume. Als er den Teich erreichte, blieb er überrascht stehen. Sein Herz schlug so laut, daß er fürchtete, man könnte es hören. Die Weiden, die ihre Zweige in das Wasser hängten, wurden von keinem Lufthauch berührt. Am Ufer auf der anderen Seite saß auf einem umgestürzten Baum eine junge Frau, und er sah, daß sie es war.

Ein paar Wildenten zerrissen die Stille. Sie landeten platschend und schnatternd auf dem schlafenden See und lösten ihn aus seiner gläsernen Starrheit.

Sie erhob sich, so als wäre sie soeben erwacht. Sie ordnete ihr Haar und schaute sich um. Da erblickte sie ihn auf der anderen Seite des Wassers. Sie nickten sich lächelnd zu. Seit jenem Morgen trafen sie sich täglich vor Sonnenaufgang. Der Teich war um diese Zeit so einsam, als gehörte er nur ihnen ganz allein.

Wenn im Spätherbst der neue Tag beginnt, kann es sein, daß die ganze Süße des Nachsommers noch einmal mit aller Kraft nachklingt, eine stille Schönheit, in der es keinen Kampf mehr gibt und keinen Prunk, sondern nur noch ein letztes Daheimsein in der großen Vergänglichkeit.

Sie erlebten die letzten Tage des fallenden Jahres wie leuchtende Projektionen ihres eigenen Lebens, denn alle Lebensabschnitte des Jahres sind stark und kraftvoll, der März im Sturm, der Mai im Rausch der alles beherrschenden Liebe, der Juni im Verschwenden, der Juli im Gesättigtsein. Nur der Oktober gleicht der Lebensrückschau eines den Tod Herbeisehnenden. Das Tierkreiszeichen der Waage, das Ende September von der Sonnenbahn erreicht wird, verdeutlicht diese ausgewogene, nachgiebige Schönheit. Aber Norman Nay hatte sein inneres Gleichgewicht verloren. Wenn sie morgens zum Wasser liefen, dann glaubte er, noch niemals in seinem Leben so glücklich gewesen zu sein. Nachts aber fand er keinen Schlaf mehr aus Angst vor dem plötzlichen Tod, der ihm die Geliebte rauben wollte. Jeder Tag konnte ihr letzter sein. Er lief in seinem Zimmer umher wie ein eingesperrtes Tier.

In einer dieser angstvollen Nächte – er war davon überzeugt, daß sie in dieser Nacht vergiftet werden würde – ging er zu ihr. Sie stand am Fenster zum Park von der gleichen lähmenden Angst erfüllt, daß ihm in dieser Nacht das Leben genommen würde.

Sie umarmten sich mit der Verzweiflung von Ertrinkenden, die nach einem letzten Halt suchen, bevor sie für immer versinken. Nie brennen die Farben der Blätter so leuchtend wie in den letzten Tagen des Herbstes, bevor sie der Sturm von den Ästen fetzt. Ähnlich ist es mit der Liebe. Es ist gewiß kein Zufall, daß gerade im Spätherbst ein großer Teil der Waldestiere in einen Liebesrausch verfällt, der nur der bedrohten Existenz eigen ist. Es ist eine der rätselhaften Erscheinungen der Natur, daß Leidenschaft, Liebestaumel und Brunft oft dann am jähesten aufbrechen, wenn die Bedrohung des Lebens am stärksten in den Vordergrund tritt.

In jener Nacht, in der in den Wäldern die Hirsche ihren weiß dampfenden Atem hinausbrüllen, bekam das todgeweihte Leben der beiden Menschen einen neuen Inhalt. Am nächsten Morgen beschlossen sie, White Bridge Castle zu verlassen. Er wollte leben, um ihrer bedrohten Existenz einen Halt zu geben und weil er einfach zu glücklich war, um zu sterben. Sie wollte die wenigen Tage, die ihr die todbringende Krankkeit noch ließ, mit ihrem Geliebten verbringen.

Nach dem Frühstück gingen sie gemeinsam zu Miss Morrison. Diese erinnerte sich später, daß es niemals in ihrem Sanatorium zwei Menschen gegeben hätte, denen das Glück so offensichtlich aus den Augen geschaut habe.

Miss Morrison nahm verständnisvoll lächelnd zur Kenntnis, daß Mr. Norman Nay und Miss Alice Strydom die Absicht hätten, mit dem Frühzug des nächsten Tages White Bridge Castle zu verlassen.

Als die beiden, Hand in Hand, wie zwei Kinder, die Buchsbaumallee hinunterliefen, um von ihrem kleinen See Abschied zu nehmen, stand Miss Morrison am Fenster und schaute ihnen zufrieden nach. Dann schellte sie nach ihrem Kutscher.

»Es ist soweit«, sagte sie. »Bei Miss Strydom hätte

ich es fast nicht mehr für möglich gehalten, daß sie noch einmal glücklich werden würde. Das arme Kind war mein aussichtslosester Fall. Manchmal hatte ich Angst, sie gegen meinen Grundsatz unglücklich in den Tod senden zu müssen. Ich bin froh, daß es so gekommen ist. Sie sind beide so glücklich, man könnte fast neidisch werden. Wir werden heute eine Ausnahme machen und zwei Mahlzeiten präparieren. Haben wir eigentlich zwei Särge im Haus?«

Taubenvater

Sag mal«, sagte der Taubenvater und verteilte die Spielkarten, »hast du von dem Ding mit dem Schimansky gehört?«

»Ja, ich weiß, der hat seine Alte totgeschlagen«, sagte der Mann, der ihm gegenübersaß, und den sie den Schwarzen nannten, weil er dunkle Haare und stechend schwarze Augen hatte.

»Ich kenne den Schimansky, der hat auf unserer Zeche lange Zeit am Förderturm gearbeitet. Er war ein anständiger Kumpel, der keiner Fliege was tat. War ein bißchen still, aber ein feiner Kerl. Hat früher mal bei F. C. Riemke im Tor gestanden.«

»Na, ich weiß nicht«, sagte der Taubenvater und begann, sein Skatblatt zu ordnen. »In der Zeitung steht, er hat seine Frau mit einer Brechstange erschlagen. Achtzehnmal, quer über den Schädel. Junge, da gehört schon allerhand zu.«

»Wer weiß, was das verfluchte Weib mit ihm gemacht hat«, brummte der Schwarze. »Die Weiber haben doch selber Schuld. Sie wird ihn wohl so zur Weißglut gebracht haben, daß er nicht mehr wußte, was er tat.«

»Ja, vielleicht«, sagte der Taubenvater, »aber könntest du einem Menschen mit einer Eisenstange achtzehnmal über den Schädel schlagen? Könntest du das?«

»Ich weiß nicht«, sagte der Schwarze, »achtzehnmal über den Schädel mit einer zehn Pfund schweren Brechstange. Der Schädel ist doch schon beim ersten Schlag zu Brei. Ich könnte es nicht, nicht für zehntausend Mark.«

»Aber ich könnte es«, sagte der Dritte am Tisch, und er sagte es so leichthin, daß seine beiden Mitspieler erstaunt von ihren Karten aufsahen.

Der Mann, der ihre verdutzten Blicke auffing, war vielleicht sechsundzwanzig. Er hatte einen kantigen, kurzgeschorenen Schädel und eine frische, rosige Gesichtsfarbe, wie man sie oft bei Leuten antrifft, die viel in Kühlhäusern arbeiten. Er war von einer bärenstarken Statur, die ihm den Spitznamen Grisly eingebracht hatte. Das Auffallendste an ihm aber waren seine riesigen Fäuste, die wie Preßlufthämmer auf den Tisch niedersausten, wenn er seine Trümpfe ausspielte. Als er die erstaunten Blicke seiner Mitspieler auf sich gerichtet fühlte, sagte er noch einmal:

»Ja, ich könnte es, für zehntausend Mark. Was ist das schon für ein großer Unterschied, ob ich einen Menschen oder ein Schwein totschlage? Wart ihr mal in Bochum auf dem Schlachthof? Hast du schon mal zugesehen, Taubenvater, wenn die Kopfschlächter den Kühen die Schädel einschlagen, um das Gehirn herauszuholen? Sie schießen die Kuh und schneiden ihr mit einer Kreissäge den Kopf ab. Sie ist noch keine zwei Minuten tot, wenn sie ihr den Schädel zertrümmern. Ihre blöden Augen sind noch voller Leben, und ihre Zunge zappelt bei jedem Schlag. Es ist eine Stumpfsinnsarbeit, aber sie wird gut bezahlt. Ich habe das zwei Jahre lang gemacht. Was ist da schon für ein großer Unterschied zwischen einem Vieh und einem Menschen? Guck dir ein Schwein an. Wenn du es aufschlitzt, sieht es aus wie ein Mensch. Herz, Leber, Lunge und Därme, alles hat die gleiche Größe wie bei uns, sogar die gleiche Farbe und denselben Geruch.« Dabei stupste er sich mit seinem riesigen Zeigefinger in den Bauch, so als wollte er demonstrieren, wo Herz, Leber und Lunge lagen.

»Aber es ist kein Mensch«, sagte der Schwarze.

»Na und«, sagte Grisly, »zehntausend Mark sind eine Masse Geld. Dafür muß ich zehntausend Schweinen die Kehlen durchschneiden. Zehntausend Schweinen, die mir nichts getan haben, und die Alte vom Schimansky war ein Teufel.«

»Woher weißt du das?« fragte Taubenvater.

»Sonst hätte er sie doch nicht mit einer Brechstange erschlagen. Oder? Ich wette, sie war ein Teufel.«

»Vielleicht war er besoffen?«

»Der Schimansky soff nicht. Der hatte eine kranke Leber. Deshalb hat er auch nur am Förderturm gearbeitet.«

»Ist ja auch egal«, sagte der Schwarze, »Karo Solo.«

Taubenvater zog das Kreuz-As und legte es vor sich auf den Tisch. Dabei sah er Grisly an, und als der mit seinen riesigen Pranken das Karo-As darauflegte, dachte Taubenvater: ›Der täte es wirklich für zehntausend Mark.‹

Taubenvater hatte noch niemals ein Geschöpf getötet, nicht einmal eine seiner Tauben. Wenn sie krank wurden, pflegte er sie bis an ihr Ende und beerdigte sie dann im Garten zwischen seinen Blumen. Er liebte seine Tauben wie ein Vater, weshalb sie ihn ja auch »Taubenvater« nannten. Er wohnte am Rande der Stadt in einem kleinen Haus, das der Zeche gehörte. Er hauste dort mit seinem Weib und zweiundvierzig Tauben unter einem Dach. Die meisten seiner Nachbarn züchteten Brieftauben, die Rennpferde des kleinen Mannes im Kohlenpott. Aber Taubenvater züchtete sie nicht nur, er lebte für sie. Er kannte ihre Sprache, ihre Temperamente und ihre Lebensgewohnheiten wie kein zweiter. Seine

Wohnstube war voll von Diplomen, Siegerurkunden und silbernen Pokalen. Tauben waren sein Lebensinhalt geworden. Er liebte sie, weil sie friedfertig waren und ihn glücklich machten, ohne zu fordern. Sie waren ein Teil von ihm, ohne ihn besitzen zu wollen. Wenn er blau nach Hause kam, so kümmerte sie das wenig, wenn sie ihre Körner am anderen Morgen bekamen, und die bekamen sie immer.

Wenn Taubenvater auf der Bank vor seinem Häuschen saß, seine Pfeife rauchte und den Tauben zusah, dann hielt er sich selbst für den fast glücklichsten alten Mann zwischen Rhein und Ruhr.

Daß das »fast« vor dem »glücklichsten« stand, lag an seiner Alten, die sich von seinen Tauben so sehr unterschied, wie ein Grand-Hand von einem miesen Blatt voller Luschen.

Seine Tauben waren für sie nur »Mistviecher« oder »die blöden Vögel, die alles vollscheißen«. Sie haßte seine Tauben. Einmal hatte sie sogar einer Jungtaube den Flügel gebrochen, weil sie in ihren Topfblumen gescharrt hatte. Sie hatte voller Zorn einen Stein nach ihr geschleudert und den ängstlich aufflatternden Vogel so unglücklich getroffen, daß er mit gebrochenem Flügel zu Boden taumelte. Taubenvater hatte sechs Wochen nicht mit ihr gesprochen. Sie hatte in dieser Zeit nicht für ihn existiert. Er sah sie erst wieder, als die Taube, deren Flügel er mit einem Holunderzweig geschient hatte, wieder fliegen konnte.

Taubenvater war wie seine Tauben, er war zu weich und zu friedfertig, um zu kämpfen. Er fraß den Ärger mit seiner Alten in sich hinein und hielt die Schnauze, oder er betrank sich und kam dann tagelang nicht nach Hause.

Wenn er dann doch zurückkam, so war es immer aus Sehnsucht nach seinen Tauben.

Zur Zeit war er seit zwei Tagen nicht zu Hause gewesen. Trude hatte ihm Szenen wegen der Transportkäfige für Reisetauben gemacht, die er gekauft hatte. Sie hatte ihm vorgeworfen, daß er das Geld für seine blöden Viecher zum Fenster rausschmisse, während sie seit zwei Jahren in ihren abgetragenen Kleidern herumliefe und nicht wüßte, wovon sie ihren Friseur bezahlen sollte. Als er abends von der Zeche nach Hause gekommen war, hatten seine Silberpokale gefehlt. Sie hatte ein widerlich giftgrünes, neues Kleid angehabt und gesagt: »Du kannst dir die silbrigen Pötte zum nächsten Ersten ja wieder auslösen«, und dann hatte sie ihm einen Pfandschein von einer Bochumer Leihanstalt auf den Tisch geknallt.

An all das dachte Taubenvater schon längst nicht mehr, als er seinen Kreuz-Solo ohne Vieren ausspielte und gewann. Er gewann eine Runde Bier nach der anderen. Seine Gedanken flossen immer träger dahin. Der Schwarze hatte schon längst seine Jacke ausgezogen und die Hemdsärmel über seinen tätowierten Armen hochgekrempelt, und Grislys Fäuste schlugen schwer wie eine Straßen-Ramme auf den Tisch, wenn er bediente. Bisweilen fuhr ein Kohlenzug vorbei. Es waren viele in jener Nacht.

Als Taubenvater erwachte, rumpelte ein Kohlenzug über seinen Kopf, jedenfalls hatte er das Gefühl, daß es so sei. Er richtete sich mühselig auf und sah, daß er zu Hause war. Die Sonne stand schon über dem Birnbaum vor seinem Fenster, es war also weit über Mittag. Taubenvater schob die Bettdecke beiseite, da stieß er gegen den Sack in seinem Bett. Es war ein kleiner, leinenfarbener Sack mit schwarzem Aufdruck und einem blanken Siegel an der verschnürten Öffnung. Er richtete sich auf und rieb sich die Augen, um wach zu werden. Der Sack blieb. Es war kein Traum. Taubenvater zog ihn so behutsam zu sich heran, als wäre er mit Sprengstoff gefüllt. Er hatte solche Säcke im Lohnbüro der Zeche gesehen. Es war ein versiegelter Geldsack, wie ihn die Banken aushändigen. Taubenvater starrte ihn ungläubig an. Er las eine schwarze Eins mit fünf Nullen dahinter. »Einhunderttausend«, sagte er, »ich werde verrückt, einhunderttausend.«

Er betastete und beklopfte den Beutel mit nervösen Fingern und hörte das Rascheln der Scheine. Er lief zum Waschbecken und hielt den Kopf unter den Wasserhahn. Dabei schüttelte er sich wie ein Hund.

Als er sich langsam umdrehte, lag der Sack immer noch auf seinem zerwühlten Bett. Da zerschnitt er ihn mit seinem Rasiermesser. Noch niemals zuvor hatte er so viele blaue Hundertmarkscheine auf einem Haufen gesehen. Sein ganzes Bett war voller Geld. Aber er hatte keine Zeit, das Wunder zu genießen. Im Flur hörte er Trudes schlurfenden Schritt und das Klappern von Tassen. Er riß den Kleiderschrank auf und warf das Geld mit vollen Händen hinein. Die losen Scheine flatterten wie Tauben umher.

Dann verschloß er den Schrank und steckte den Schlüssel in seine Hosentasche. Dabei bemerkte er, daß er mit Anzug und Straßenschuhen geschlafen hatte. Er war so aufgeregt, daß er am ganzen Körper zitterte.

Er war wach, er war wirklich wach. Das ganze war ohne Zweifel kein Traum. Es war zu unwirklich, um es zu begreifen. Er war mit tausend Hundertmarkscheinen im Bett aufgewacht. Er versuchte sich zu erinnern, wurde aber von Trude gestört, die hereinkam und ihm eine Büchse mit Nescafé, eine Kanne mit heißem Wasser und die Abendzeitung auf den Tisch knallte. Ihr Blick wanderte von seinem unrasierten, vor Aufregung geröteten Gesicht hinab zu seinem völlig zerknautschten Anzug. Er sah verlegen zur Seite. Da sah er die beiden Hundertmarkscheine auf seinem Kopfkissen. Er setzte sich darauf, ohne daß Trude sie bemerkt hatte. Sie sah ihn so verächtlich an wie einen aussätzigen Hund und sagte: »Schön, daß du noch lebst. Ich dachte, du hättest dich endlich zu Tode gesoffen. Du solltest mal in den Spiegel sehen, du Schwein. Sorg lieber für Geld.«

Als sie die Tür hinter sich zugeknallt hatte, zog er die beiden Hundertmarkscheine unter seinem Hintern hervor und sagte: »Wenn du wüßtest.« Er sah auf die Uhr und erschrak. Es war 18 Uhr 05. Er mischte sich eine starke Tasse Kaffee und schlug die Zeitung auseinander. Dabei fiel sein Blick auf die Schlagzeilen der ersten Seite:

›100 000-DM-Bankdiebstahl.‹

Er verschüttete vor Aufregung seinen Kaffee und las mit weit aufgerissenen Augen:

›Wie wir kurz vor Redaktionsschluß erfuhren, ereignete sich heute morgen in Bochum-Riemke ein Diebstahl, von dem man bis zur Stunde nicht zu sagen vermag, ob er das Werk eines routinierten Gangsters oder eines naiven Gelegenheitsdiebes ist.

Der Mann betrat vermutlich gegen 9 Uhr 15 die Filiale der Dresdner Bank in der Parkstraße. Die Schalterhalle war zu dieser Zeit gedrängt voll mit

Kunden der Bank, die, wie zu jedem Ersten eines Monats, Lohngelder in Empfang nehmen wollten.

In der Mitte der Bankfiliale befindet sich zu Beginn eines jeden Monats ein freistehender Sonderschalter, der dazu bestimmt ist, die Lohngeld-Auszahlungen zu entlasten. Der Schalter ist ringsherum von einer brusthohen Glaswand umgeben. An seiner Rückwand befindet sich eine Sitzbank für wartende Kunden.

Der Mann stellte sich im Rücken der Kassiererin auf die Sitzbank, langte über die Glaswand und nahm einen versiegelten Geldsack im Werte von DM 100 000 an sich.

Der Diebstahl wurde im Gedränge nur von einer alten Dame beobachtet, die sich auf der Sitzbank ausruhte. Sie glaubte zunächst, der Mann würde zur Bank gehören. Später kamen ihr Zweifel und sie wandte sich an den Auskunftsschalter der Bank, um den Beamten darauf aufmerksam zu machen, daß soeben ein Herr einen Geldsack an sich genommen habe. Der Beamte, der ihr nicht glaubte, schickte sie weg und meinte, es wäre schon gut. Erst als die eigenwillige alte Dame sich an die Kassiererin des Sonderschalters wandte, an dem der Diebstahl geschehen war, wurde das Fehlen des Geldbeutels bemerkt und die Kriminalpolizei benachrichtigt.

Da inzwischen eine halbe Stunde vergangen war,

und die alte Dame als einzige Zeugin sich nur daran zu erinnern vermochte, daß der Mann braune Schuhe trug, als er auf die Sitzbank stieg, und daß die Schuhe schmutzig gewesen seien, so fehlt zur Zeit jede Spur von dem Dieb. Wie wir von unserem Redaktions-Juristen erfuhren, handelt es sich bei dem Delikt nicht um Raub, da der Täter niemanden bedrohte und keine Gewalt anwandte, sondern lediglich um Diebstahl, entweder um einen unglaublich frechen, vorsätzlichen, oder um einen einfachen Gelegenheitsdiebstahl. Im letzten Falle hätte der Täter nur mit einer milden Strafe zu rechnen.

Die Kriminalpolizei bittet alle . . .‹

Taubenvater legte die Zeitung beiseite und sah auf seine braunen, ungeputzten Schuhe. Hatte er das Geld an sich genommen? Hatte der Dieb es weggeworfen, und er hatte es lediglich gefunden? Taubenvater vermochte sich an nichts zu erinnern. Er legte sich auf das ungemachte Bett und versuchte, den gestrigen Tag noch einmal an sich vorbeilaufen zu lassen. Er war im Schrebergartenlokal gewesen und hatte dort den Schwarzen und Grisly getroffen. Sie hatten Skat gespielt. Er erinnerte sich an das alles ganz genau. An die Spiele und an ihre Gespräche. Aber wie war es hinterher gewesen? Er konnte sich nicht mehr erinnern. Er hatte viel getrunken. Seine Erinnerung verlor sich wie ein großer träger Strom im Schlamm des Vergessens. Die Bankfiliale der Dresdner Bank in der Parkstraße lag auf dem Weg vom Schrebergarten zu seinem Haus. War er wirklich in die Bank hineingegangen?

Er schloß den Schrank auf und betrachtete das viele Geld. Wenn er es schlau genug anstellte, war er ein reicher Mann.

Als er den Wohnraum betrat, stolperte er über einen Plastiknapf mit Fischköpfen. Im selben Augenblick hörte er das ängstliche Gurren der Tauben im Garten. Er lief ans Fenster und sah einen großen, schwarzweiß gefleckten Kater, der seine Tauben jagte. Er stürzte hinaus und stieß mit Trude zusammen, die mit zwei leeren Eimern für Schweinefutter ins Haus wollte.

»Was ist denn mit dir los?« fragte sie.

»Die Katze«, keuchte Taubenvater.

»Es ist meine Katze«, sagte Trude und lächelte niederträchtig. »Sie ist mir vor zwei Tagen zugelaufen, und ich werde sie behalten. Du hast deine Tauben und deine Schweine, und ich will diese Katze.«

»Aber die Tauben«, sagte Taubenvater, »sie wird meine Tauben fressen. Siehst du denn nicht...«

»Sie werden sich aneinander gewöhnen, deine Vögel und mein Pascha.«

Taubenvater sah, wie die Raubkatze sich streckte und zu dem Taubenschlag emporblinzelte. Er hörte das aufgeregte Flattern der Tauben in ihrem Verschlag und sah, wie sich die Katze die Lippen leckte. Taubenvater spürte, wie ihm der kalte Angstschweiß den Rücken hinunterlief. Er ging zurück ins Haus, öffnete den Kleiderschrank mit dem Geld und nahm zehntausend Mark heraus. Er zählte das Geld sorgfältig und steckte es in seine Jackentasche.

Als er die Haustür öffnete, rief Trude: »Wohin gehst du?«

Er sagte: »Zum Schlachter, ich will den Schlachter holen.« Er hörte sie noch keifen:

»Aber an den Schweinen ist ja noch gar nichts dran.« Er schlug die Tür hinter sich zu und fühlte nach den zehntausend Mark in seiner Jackentasche. Er klopfte von außen mit der flachen Hand gegen das dicke Bündel an seiner Brust und dachte an die großen Hände von Grisly.

Das Wasserloch

Das Land stöhnte unter der Hitze. Es war, als ob sich die Hölle geöffnet hätte, um alles Leben zu versengen.

Seit vier Monaten hatte es nicht mehr geregnet. Der Mais war an den Halmen verdorrt, bevor er geblüht hatte. Nachts schrie das Vieh in den Kralen vor Durst. Daß es überhaupt noch lebte, lag nur an dem Wasserloch.

Das Wasserloch – oder der Damm, wie sie es nannten – hatte einen Durchmesser von sechzig Fuß. Es war dicht umsäumt von Eukalyptusbäumen, die ihre Zweige fast in das Wasser hängten und so verhinderten, daß das kostbare Naß allzu schnell in der südafrikanischen Sonne verdampfte.

Der Damm lag zwischen zwei Farmen, und da die weißen Einwanderer Nordtransvaals bei dem Reichtum an vorhandenem Boden ihre Gebiete nach Tagesritten abgesteckt hatten, behaupteten sowohl die Leute von der Hennops-Farm als auch die Leute von der Simpson-Farm, daß das Wasserloch auf ihrem Land läge und somit ihnen gehöre.

Wenn es regnete, vergaß man den Streit, denn das

Land war weit, und es gab alles im Überfluß. Wenn aber die Bäche versiegten und die Dämme eintrockneten, dann brach der Streit auf wie eine schwärende Wunde.

So trocken wie dieses Jahr aber war es seit Menschengedenken nicht gewesen. Die scheuen Impala-Antilopen kamen bis in die Nähe der Gehöfte, und die Farmer schossen sie, damit sie dem Vieh nicht das sorgfältig rationierte Wasser wegsoffen. Nachts brannten bei den Kralen Feuer zur Abschreckung der Hyänen, die hungrig umherstreiften.

Der alte Hennops steckte sein doppelläufiges Jagdgewehr in die Satteltasche und schwang sein steifes Bein über den Rücken des Pferdes. Wenn man den Alten schwerfällig durch die Gegend humpeln sah, glaubte man nicht, daß er noch so ein hervorragender Reiter war. Mit seinem sonnengegerbten, zerfurchten Gesicht hinter dem weißen Vollbart sah er aus wie einer der Hirten von den Feldern bei Bethlehem, die die weihnachtliche Friedensbotschaft vernommen hatten. Er sah zum Himmel empor. Dem Reißen in seinem Bein nach zu urteilen, mußte es bald regnen, aber in diesem Jahr war alles verdreht. Der Wein am Farmhaus hing wie getrocknetes Tabakskraut herab, und die Bougainvilleas, die sonst um diese Jahreszeit blühten, hatten kaum noch Blätter.

»Wohin reitest du?« rief der jüngste seiner Söhne, der bei den Schafställen mit einem Schwarzen ein Wagenrad reparierte. »Zum Wasserloch.«

»Sei vorsichtig, daß dir die Simpsons nicht einen auf den Pelz brennen«, lachte der Junge.

Der braune Hengst des Alten lief schnurstracks nach Nordwesten, so als wüßte er, daß es zum Damm ging. Sie durchquerten den ausgetrockneten Bach, in dem sie voriges Jahr um die gleiche Zeit Fische gefangen hatten.

Das Land war tot. Keine Antilope, kein Perlhuhn, nicht einmal eine Eidechse zeigte sich. Nur die Kakteen schienen die Dürre überlebt zu haben.

Auf dem Hartebeest-Berg rastete der Alte für eine kurze Weile im Schatten einer überhängenden Felswand. Er war jetzt drei Stunden geritten. Unten im Tal lag wie eine Oase das Wasserloch mit den immergrünen Eukalyptusbäumen. Der Alte hatte gehofft, hier Wild anzutreffen, aber selbst das Tal war verlassen wie ein Mondkrater. Er stopfte sich eine Pfeife und beschloß, zum Damm hinunter zu reiten. Da hörte er das Hacken. Es klang, als ob jemand einen Baum fällte. Der Alte kniff die Augen zusammen und legte die flache Hand an die Stirn. Er konnte nichts sehen. Es kam vom Wasserloch. Er gab dem Pferd die Sporen und ritt talabwärts. Je näher er dem Damm kam, um so lauter wurde das Hacken. »Verdammt«, dachte er, »das können nur Kaffern vom Brandenberg sein oder die Rotnacken.« Er weigerte sich grundsätzlich, die Simpsons bei ihrem Namen zu nennen. Sie waren in seinen Augen Engländer, und das war das Schlimmste, was man seiner Meinung nach sein konnte. Er nannte alle Engländer Rotnacken, weil sie sonnenempfindliche, ständig rote, verbrannte Haut hatten. Sie waren Fremdlinge und gehörten nicht in dieses Land. Obwohl die Simpsons vor einem halben Jahrhundert aus Irland eingewandert waren, sprachen sie nicht Afrikaans, sondern Englisch. Sie gingen niemals in die Kirche, denn sie waren katholisch. Nicht einmal zu Söhnen hatte es der alte Simpson gebracht. Angeblich besaß er so viele Töchter, daß es bei ihm zu Hause wie in einem Mädchenpensionat von Weibsbildern wimmelte. So wurde es ihm erzählt, denn natürlich war er niemals auf der Farm der Rotnacken gewesen.

Er besaß fünf ledige Söhne, aber ehe er geduldet hätte, daß einer seiner Jungs eine von den englischen Bastarden heiratete, hätte er lieber auf einen Erben verzichtet.

Er war jetzt auf Rufweite an den Damm herangeritten und tastete nach seinem Gewehr, um sich von dessen Vorhandensein zu überzeugen. Er steckte sechs Patronen in das leere Magazin. Als er die ersten Eukalyptusbäume erreicht hatte, stieg er vom

Pferd und nahm die Doppelbüchse an sich. Er hinkte zum Wasser und sah den alten Simpson, wie er mit dem Rücken zu ihm stand und seine Axt in einen jungen Baum schlug. Er war so beschäftigt, daß er die Ankunft seines feindlichen Nachbarn nicht bemerkt hatte.

»Dir ist wohl die Hitze nicht bekommen«, fauchte der alte Hennops. Simpson fuhr herum und sah den Alten mit dem Jagdgewehr unter dem Arm. Er sagte kein Wort.

»Ist es deinen Weibsleuten so kalt, daß du mitten im Hochsommer Feuerholz schlagen mußt?«

Der alte Simpson sah ihn verächtlich an, spuckte aus und sagte: »Ich fälle diesen Baum und stürze ihn ins Wasser, damit es vor der Sonne geschützt ist. Wir brauchen jetzt jeden Tropfen.«

»Wen meinst du mit wir?«

»Hab ich ›wir‹ gesagt?« begann jetzt der alte Simpson in seinem schlechten Afrikaans zurückzuschlagen. »Ich brauche jeden Tropfen. Und nun verschwinde!« Er drehte dem anderen den breiten Rükken zu und schlug seine langstielige Axt in den schon tief eingekerbten Stamm.

»Hör sofort damit auf!« warnte der alte Hennops. »Sonst jage ich dir eine Ladung Schrot in den Arsch.«

»Das kriegst du fertig, du verfluchtes Hinkebein«, brummte der andere, ohne seine Arbeit zu unterbrechen.

»Hör auf!« schrie Hennops ohnmächtig vor Wut. »Das sind meine Bäume und mein Wasser. Laß deine schmutzigen Pfoten davon und scher dich zum Teufel!«

Simpson hielt mit dem Fällen inne. Seine Augen sprühten Feuer. Einen Augenblick sah es so aus, als wollte er sich auf den anderen stürzen, doch dann beherrschte er sich. Ein hämisches Grinsen flog über sein Gesicht und legte seine vom Pfeiferauchen gelb gewordenen Zahnstummel frei. »Du meinst also, das sei dein Wasserloch. Dann geh doch vor Gericht und beweis es!«

»Ich brauch das nicht zu beweisen. Beweis du es doch!«

»Das ist mein Wasserloch. Und jetzt hau ab und laß mich in Ruhe!« Er spuckte in die Hände und fuhr mit seinem Zerstörungswerk fort, so als wäre der andere nicht da.

Der alte Hennops repetierte und schob die Kugel in den Lauf. Simpson hörte es und schrie höhnisch, ohne sich umzudrehen: »Schieß doch! Schieß mich in den Rücken! Dann kommst du endlich dahin, wo du hingehörst, an den Galgen.«

Der Weißbärtige schleuderte sein Gewehr weg und warf sich auf seinen Todfeind. Durch die Wucht des Aufpralls prallten beide Männer gegen den Eukalyptusbaum, der fast gefällt war. Ein Zittern ging durch den borkigen Stamm, dann stürzte er, immer schneller werdend, krachend zu Boden und begrub die beiden Männer unter sich.

Es war totenstill.

Nach einer langen Weile fragte Simpson: »Lebst du noch?«

Statt einer Antwort ließ der alte Hennops einen schaurigen Fluch los. Sein gesundes Bein steckte unter dem Stamm.

Es war wieder lange Zeit still. Simpson begann, immer lauter zu röcheln und zu stöhnen. Er war fast ohnmächtig vor Schmerzen. Seine rechte Schulter war zerschmettert. Das gebrochene Schlüsselbein ragte aus dem rohen Fleisch wie eine Pfeilspitze hervor. Er lag nur drei Schritte von Hennops entfernt. Der Stamm drohte, seine Schulter zu zerquetschen. »Kannst du den Baum nicht wegrollen«, stöhnte er. »Nein«, fluchte Hennops. »Ich liege auf dem Bauch. Mein Bein ist so eingeklemmt, daß ich mich nicht umdrehen kann.«

Wieder war es lange Zeit still. Die beiden Männer sprachen nicht mehr miteinander. Es gab nichts zu sagen. Nach zwei Stunden, die den beiden Gefangenen wie zwei Tage vorkamen, begann Hennops wieder zu fluchen: »Ich hätte dich erschießen sollen.

Warum haust du Idiot auch die Bäume um? Das kommt davon, wenn man sich an fremdem Eigentum vergreift.«

Der andere hörte ihn nicht. Er war bewußtlos. Hennops fluchte und schimpfte, drohte und verdammte, und als er seinem Groll Luft gemacht hatte, begann er vor ohnmächtiger Wut zu weinen, leise, damit der andere ihn nicht hören konnte. Er lag mit dem Gesicht im harten Kikuju-Gras, und die Ameisen liefen durch seinen Bart. Wieder verging fast eine Stunde.

Simpson lag wach auf dem Rücken und starrte in den Himmel. Er hatte Angst, erneut ohnmächtig zu werden und sich dann im Schlaf zu bewegen. Er hatte viel Blut verloren. Allmählich begann es dunkel zu werden. »Ob sie uns bald finden werden?«

»Wissen deine Leute, daß du hier bist?«

»Ja. Deine auch?«

»Ja.«

»Meine Töchter werden mich suchen. Es ist näher zu meiner Farm als zu deiner. Man braucht nicht über die Berge. Du solltest mitkommen zu mir, Lisa wird dein Bein schienen.«

»Wer ist Lisa?«

»Meine Älteste. Sie ist ein halber Doktor.«

»Ja«, sagte der alte Hennops, und er dachte daran, daß ihn noch vor ein paar Stunden keine zehn Pferde auf die Farm der verfluchten Rotnacken gebracht hätten. Sein Bein schmerzte heftig. Es war ihm jetzt gleichgültig, ob ihn seine Söhne oder Simpsons Töchter fanden. Das Bein war fast schwarz. Er hatte keine Zeit mehr. Wenn er sein gesundes Bein verlöre, so würde er den Rest seines Lebens im Rollstuhl verbringen. Simpson kämpfte mit seiner Ohnmacht und redete, nur um wach zu bleiben: »Wie viele Söhne hast du?«

»Fünf.«

»Ich habe fünf Töchter.«

»Hast du Enkel?«

»Nein, meine Töchter sind alle unverheiratet. Und du?«

»Bei uns ist es wie bei dir.«

Sie lagen da und warteten.

Sie konnten den Himmel nicht sehen. Die Eukalyptusbäume verdeckten ihn. Aber die Sonne mußte bereits untergegangen sein, denn es wurde dunkler und dunkler. Plötzlich raschelte es im Laub der Bäume, erst vorsichtig, dann immer heftiger werdend, und dann erkannten es beide fast gleichzeitig: Regentropfen!

»Es regnet!«

Der Regen erfüllte sie mit neuer Hoffnung. Ihre Wunden würde man flicken, sie waren zähe Naturburschen und hatten schon Schlimmeres überlebt.

»Eigentlich sind wir Idioten«, sagte Simpson.

»Wieso?«

»Wir liegen hier, weil wir uns wegen dieser Pfütze hier fast umgebracht hätten, und nun regnet es, und es wird Wasser in Hülle und Fülle geben. Wir sollten den Damm vergrößern und uns das Wasser in der nächsten Trockenheit teilen.« Nach einer Weile fragte er: »Glaubst du an Gott?«

»Ja.«

»Vielleicht wollte er uns für unseren Starrsinn bestrafen. Vielleicht meint er es gut mit uns.«

»Ja, vielleicht.«

»Besuchst du mich mal mit deinen Söhnen? Meine Töchter können prächtig backen.«

»Ja«, sagte der alte Hennops.

Sie lagen wieder schweigend nebeneinander und warteten. Der Regen rauschte in den Bäumen. Bald würde das Land wieder blühen und die Felder reiche Frucht tragen. Ihre Gedanken bewegten sich hoffnungsvoll in der Zukunft. Es war nicht das Ende, es war ein neuer Anfang.

In der Ferne knackte ein Ast.

Sie hatten es beide gehört. Da, noch einer! Es waren Schritte! »Sie kommen«, sagte Hennops und versuchte, seinen Oberkörper aufzurichten. »Hast du es gehört? Sie kommen!«

»Ja, sie kommen«, lachte Simpson.

Sie riefen beide um Hilfe und lauschten angestrengt in die Nacht und in das gleichmäßige Rauschen des Regens.

Es war nichts mehr zu hören.

Da war es wieder. Diesmal ganz deutlich.

»Mein Gott, ich danke dir«, sagte Hennops.

Sie riefen um Hilfe. Die Schritte kamen immer näher.

Und dann sahen sie beide:

Es waren die Löwen.

Rache ist süß wie Milchschokolade

Das Bootshorn am Mast tutete einmal lang und zweimal kurz. Die Möwen flogen verschreckt auf. Vor dem blauen Sommerhimmel waren ihre Körper von dem gleichen Weiß und schwangen im gleichen Rhythmus wie die Taschentücher der Abreisenden an der Reeling und der Zurückgebliebenen am Landungssteg. Für die Menschen an Bord war es der Abschied von ihren Sommerferien, für die Zurückgebliebenen das Ende einer Ferienbekanntschaft. Und wenn das Ablegen des Bootes auch laut und turbulent, wie ein lustiger Jahrmarktstrubel, vor sich ging, so war doch fast allen Beteiligten ein wenig wehmütig ums Herz, wie es einem ist, wenn eine schöne Zeit endgültig vergangen ist. Fast allen, bis auf die Schiffsmannschaft und den kleinen glatzköpfigen Mann im hellen Leinenanzug, der auf die offene See blickte und so tat, als ginge ihn das alles überhaupt nichts an. Er erweckte den Anschein, als könnte er es nicht erwarten, nach Hause zu kommen. Auch als die kleine holländische Nordseeinsel in der Ferne immer kleiner wurde, schenkte er ihr keinen Abschiedsblick mehr.

Er saß wie ein Denkmal in der Brandung der Reisenden. Dabei wirkte er trotz seiner Fülle nicht phlegmatisch und geistig träge. Ein aufmerksamer Beobachter hätte an der Art, wie er seine Handflächen gegeneinander preßte und der Puls in seinen Schläfenadern klopfte, erkennen können, daß er aufs höchste erregt war.

Der Urlaub auf der Nordseeinsel war seit Jahren sein erster gewesen und ganz gewiß sein letzter. Begonnen hatte es mit heftigen Stichen in der Brust. Sein Arzt hatte ihm dringend geraten, Urlaub zu machen und einen Luftwechsel vorzunehmen. Paul Brandt war niemals in Urlaub gefahren. Das bißchen Freizeit, das ihm sein Taxiunternehmen ließ, verbrachte er mit der Aufzucht von Kakteen. Er war auf diesem Gebiet inzwischen so kompetent, daß er von der Fachwelt oft schriftlich um Rat gefragt wurde, wenn es darum ging, seltene Sukkulenten in einem einheimischen Glashaus zu akklimatisieren.

Seine Arbeit und sein Hobby hatten sein Leben immer voll ausgefüllt, so daß niemals der Wunsch in ihm laut wurde zu verreisen. Als Junggeselle gab es außerdem niemanden, der ihn dazu gedrängt oder verleitet hätte.

Wären die Stiche in der Brust nicht so heftig und anhaltend gewesen, hätte er niemals auf den Doktor gehört. Aber so zog er es doch vor, aus Angst vor einem Krankenhaus-Aufenthalt, der ihn womöglich noch länger von seinen Sukkulenten und Taxis ferngehalten hätte als ein Erholungsurlaub, die benzingeschwängerte Atmosphäre seines Taxi-Unternehmens und die feuchte Luft seiner Glashäuser mit frischer Berg- oder Seeluft zu vertauschen. Er war in ein Reisebüro gegangen und hatte sich beraten lassen, oder richtiger gesagt, fehlberaten lassen, denn der Nordsee-Urlaub war ein einziges Martyrium gewesen.

Bei der Überfahrt war ein heftiger Sturm aufgezogen, dann goß es in Strömen. Er traute sich nicht, in den trockenen Schiffssalon zu gehen, weil er dauernd spucken mußte.

Der Regen hatte ihn so durchweicht, daß er sich eine schwere Erkältung zuzog. Nachdem er die ersten zwei Tage fiebernd in einem harten Bett in der Pension Pirola gelegen war, holte er sich bei einem Strandspaziergang am dritten Tag einen Sonnenbrand, daß er nicht mehr wagte, das Haus zu verlassen. Der Zwangsaufenthalt in der Pension entpuppte sich als Hölle.

Daß das so war, lag nicht an dem sauberen, rieddeckten Haus abseits des kleinen Ortes hinter den Dünen. Es lag vielmehr an seinen Bewohnern.

Neben seinem Zimmer wohnte eine junge Frau mit drei kleinen Kindern, die morgens um halb vier zu schreien begannen, wenn er mit seinen schweren Sonnenverbrennungen gerade den ersten Schlaf gefunden hatte. Er war kein Kinderfreund. Wenn er im Aufenthaltsraum in einem seiner mitgebrachten Bücher lesen wollte, krabbelten sie auf seinen Schoß, betatschten seine Glatze oder bepinkelten ihn gar, wie es zweimal geschehen war. Die anderen fanden das herzig und legten seine Hilflosigkeit als Kinderliebe aus.

Gegenüber seinem Zimmer wohnte ein pensionierter Sparkassendirektor, mit dem er den Frühstücks- und Abendbrottisch teilte. Die unabstellbare Geschwätzigkeit dieses Herrn im Ruhestand war gigantisch. Er sprach über sein Herzasthma mit der gleichen achtungheischenden Hingabe wie über seine schulpflichtigen Enkelkinder und seine ehemalige Arbeitsstätte, die städtische Sparkasse in Bad Driburg, die er vierundzwanzig Jahre geleitet hatte.

Links neben seinem Zimmer wohnte ein jungvermähltes Liebespaar, dessen turtelhaftes Getue einfach ekelhaft war. Er streichelte ihr sogar während des Frühstücks unter dem Tisch die Knie, und sie warf ihm so schmachtende Blicke zu, daß er sich nicht getraute, in ihre Richtung zu schauen. Während der Mittagsruhe nach dem Essen quietschte ihre Doppelmatratze so regelmäßig und anhaltend, daß er es vorzog, in einem Korbsessel im Wintergarten zu rasten.

Dann wohnten da noch zwei ältliche, holländisch sprechende Schwestern auf seiner Etage, die, wenn sie nicht in Lodenmänteln durch die Natur wanderten, ihre Köpfe zusammensteckten und über ihre Mitbewohner lästerten; mit besonderer Vorliebe natürlich über ihn. Das Tuscheln begann, wenn er den Raum betrat, und verstummte, wenn er sich ihrem Tisch näherte. Dann war das eisige Schweigen noch vielsagender als die Blicke, die sie sich durch ihre randlosen Brillen zuwarfen. Am widerwärtigsten aber war das falsche Lächeln, mit dem sie seinen Gruß erwiderten.

Am Ende des Flures wohnte ein Mittelschullehrer mit Gattin und zwei Kindern, die bei Regen auf dem Flur Ball spielten und »Opa« zu ihm sagten. Der Vater hatte die üble Angewohnheit, dauernd belehren zu wollen: »Sehen Sie diese Wolke dort? Das ist eine Kumuluswolke. Wenn Wolken dieser Art vom Meere her kommen, dann hält sich das Wetter.« Sie war eine abgehärmte, reizlose Frau, die dauernd an der Kleidung ihrer Kinder herumzupfte. Sie aßen kein Fleisch und bekamen immer eine extra große Schüssel Salat. Nach dem Abendessen spielten sie regelmäßig Mühle oder schrieben Ansichtskarten.

Der Inhaber der Pension war ein ungehobelter,

poltriger Mann von plumper Vertraulichkeit, der irgendeiner Beschäftigung auf dem Festland nachging und nur während der Saison auf der Insel lebte. Er hatte für die Zeit, in der die Pension leer stand, vor allen Fenstern starke Eisengitter anbringen lassen, um das sehr einsam liegende Haus vor Einbrechern zu schützen. Nicht nur die Haustür, sondern alle Zimmertüren waren aus schweren Eichendielen gezimmert und hatten starke Spezialschlösser. Immer wieder erzählte er die Geschichte, wie er einmal den Schlüssel zum Aufenthaltsraum auf dem Festland vergessen und dann versucht hatte, ohne ihn hineinzukommen.

»Ich habe alles versucht. Sogar den alten Botten, den Inselmechaniker, habe ich kommen lassen, und der versteht sein Handwerk. Wissen Sie, was der gesagt hat? Um da hineinzukommen, brauchen Sie keinen Schlosser, sondern einen Sprengmeister.« Dabei pflegte er vor Lachen seinen Zuhörern auf die Schulter zu klopfen.

In der zweiten Woche bekam Paul Brandt eine Augenentzündung. Das grelle Sonnenlicht, tausendfach vom weißen Sand reflektiert, die salzhaltige Luft und die vom Wind aufgewirbelten Sandkörner hatten eine schwere Bindehautentzündung zur Folge. Er mußte auf dem einen Auge eine Klappe tragen und blinzelte mit dem anderen, weniger entzündeten, wie ein Albinokaninchen. Mit seiner sonnenverbrannten Glatze, seiner sich pellenden Nase und der schwarzen Augenbinde sah er vollends wie eine Witzfigur aus.

Als er eines Abends früher als sonst in den Wintergarten kam, machte das älteste der Lehrerkinder ihn gerade nach. Er hielt sich ein Stück schwarzen Karton vor das linke Auge und blinzelte mit dem rechten wie ein Uhu. Dabei streckte er seinen Bauch weit hervor und stöhnte über den Sonnenbrand. Die anwesenden Erwachsenen schienen sich köstlich zu amüsieren. Der Wintergarten schallte von ihrem Gelächter. Als er erschien, brach es abrupt ab, und die Frau des Lehrers nahm ihren Sohn bei der Hand und führte ihn hinaus. Der Pensionswirt wischte sich verstohlen die Lachtränen aus den Augenwinkeln.

Mit dem entzündeten Auge durfte Paul Brandt nicht ins Freie, konnte aber auch nicht mehr lesen. Er saß wie eine gefangene Eule da und empfand die Nähe seiner Mitmenschen noch peinigender. Ein paarmal hatte er einfach abreisen wollen, aber seine Bruststiche hatten sich wieder eingestellt und mahnten ihn auszuharren, damit nicht alles umsonst gewesen sei. So machte er mehrmals täglich vor seinem geöffneten Fenster Kniebeugen und atmete die Seeluft in seine leidenden Lungen.

Aber selbst da hatte er keine Ruhe. Als er eines Nachmittags mit geschlossenen Augen seine Übungen absolvierte, hörte er lautes Lachen. Als er erschreckt sein gepeinigtes Auge aufriß, sah er das junge Liebespaar von nebenan, das Hand in Hand vom Baden zurückkam und zu seinem Fenster emporsah.

Am schlimmsten war es, als es drei Tage hintereinander regnete und alle zu Hause blieben. Er traute sich nicht hinunter und verbrachte die meiste Zeit in seinem Zimmer, während auf dem Flur die Lehrerkinder Fußball spielten und die Kleinen im Nebenzimmer aus Leibeskräften schrien, so daß man nicht einmal mehr das Quietschen der Matratze aus dem anderen Zimmer hören konnte. Unten im Aufenthaltsraum hielt der Lehrer dem Sparkassendirektor einen warnenden Vortrag über die Gefährlichkeit des Wattenmeeres. Die beiden ältlichen Schwestern häkelten und tuschelten, während der Pensionsinhaber mit seiner ständig nach Schweiß riechenden Tochter schimpfte, die das Abendbrot hatte anbrennen lassen.

Am Ende der zweiten Woche reisten die beiden holländischen Schwestern ab, und eine dicke Krankenschwester aus Oberhausen zog in ihr Zimmer. Gleich am ersten Tag kam sie an seinen Tisch. Er mußte die Augenklappe abnehmen, sie brachte ihm

Tropfen und eine Salbe für die Nacht. Da er ihre Fürsorge zunächst dankbar über sich ergehen ließ, sah sie darin eine Aufforderung, ihn wie eine Glucke zu bemuttern. Bald graute ihm, wenn er nur ihr Kölnisch Wasser roch. Sie drohte ihm schelmisch mit dem Finger und sagte: »Sie werden doch wohl meine Tabletten genommen haben. Nicht vergessen! Drei Stück vor dem Schlafengehen.« Sie machte ihn vor allen Gästen darauf aufmerksam, daß die Entzündung der Augen auch mit einer Vergiftung zusammenhängen könne, und er sehr auf seinen Stuhlgang achten müsse. Er bemerkte das niederträchtige Grinsen auf den Gesichtern der anderen und sah, wie der Lehrer seine Frau mit dem Ellenbogen anstieß.

Als sie sich zu ihm an den Tisch setzte und ihm mitteilte, sie habe mit dem Sparkassendirektor den Platz getauscht, damit sie sich besser um ihn kümmern könne, beschloß er, eine Woche früher abzureisen.

O wie haßte er diese Menschen. Man müßte sich an ihnen rächen, dachte er. Den ganzen Tag ließ ihn der Gedanke nicht mehr los. Am nächsten Tag, seinem Abreisetag, regnete es. Er war gut gelaunt, obwohl es Möhren gab, die er nicht mochte. Nach dem Mittagessen blieben alle im Aufenthaltsraum, denn das Wetter war zu unfreundlich, um an den

Strand zu gehen. Er war der einzige, der das Haus verließ, um ein paar Dinge einzukaufen, die er für die Rückreise benötigte. Als er zurückkam, saßen noch alle im Haus, so wie er sie verlassen hatte. Man schien sich zu langweilen.

»Ich habe eine Idee«, sagte er. »Wir machen ein Quiz.«

Alle blickten zu seinem Tisch. So gesprächig hatten sie den alten komischen Kauz noch nie erlebt.

»Ich stelle Ihnen Fragen, und jeder, der die richtige Antwort weiß, bekommt ein Stückchen Schokolade von mir.«

Die Kinder jubelten vor Freude, die Damen lächelten interessiert, und der Lehrer setzte sich in Positur, wie ein aufmerksamer Musterschüler, siegesgewiß, daß niemand so viel Schokolade einheimsen würde wie er. »Gut«, sagte er, »fangen wir an!«

»Wie heißt die Hauptstadt von Südafrika?«

»Pretoria«, antwortete der Lehrer, wie aus der Pistole geschossen. – »Sehr gut. Ein Stückchen Schokolade für den Gewinner!«

Er reichte es ihm, und der Lehrer legte es sich genüßlich auf die Zunge.

»Die Kropfbildung ist eine Folge von ...?«

»Jodmangel!« jubelte die Schwester aus Oberhausen.

»In welcher Stadt lebten Romeo und Julia?«

»In Verona!« rief die junge Braut, und sie kam dem Lehrer nur knapp zuvor.

»Wie heißt der größte Hotelkonzern der Welt?«

»Ist das nicht Hilton?« fragte der Pensionswirt und freute sich sichtlich, daß er auch etwas wußte.

Paul Brandt gab sich große Mühe, seine Fragen so zu stellen, daß möglichst jeder mehrmals eine Antwort wußte, was bei der geistigen Schwerfälligkeit des Pensionswirtes gar nicht so einfach war.

Nach einer Weile sah er auf seine Taschenuhr und stellte fest, daß sein Schiff in einer Stunde ablegen würde.

»Entschuldigen Sie mich bitte«, sagte er. »Die Schokolade ist bis auf das letzte Stück verteilt. Sie waren ein großartiges Publikum.«

Er verließ den Raum, packte seine Koffer, und als er die Treppe herunterkam, hörte er sie immer noch erhitzt diskutieren, wer die meiste Schokolade gewonnen hätte.

Paul Brandt drehte den schweren schmiedeeisernen Schlüssel in der einbruchsicheren Eichentür zum Aufenthaltsraum zweimal herum und steckte ihn in einen frankierten Briefumschlag. »Pension Pirola«, stand darauf.

Als er an der Post vorbeikam, warf er ihn in den Briefkasten. Dann ging er hinunter zum Hafen. Die Möwen umflogen kreischend die Aufbauten des

Schiffes. Die See war ruhig. Am Heck ertönte ein Schifferklavier. Paul Brandt erhob sich und ging nach hinten.

Die Insel war jetzt fast am Horizont verschwunden. Irgendwo hinter den Dünen lag die Pension Pirola. Er malte sich die Gesichter seiner Peiniger aus, wenn sie festgestellt hatten, daß sie eingeschlossen waren. Die Pension lag so weit abseits vom Ort, daß niemand sie würde schreien hören.

Bis morgen früh, wenn der Postbote den Schlüssel brachte, waren sie alle zusammengepfercht im Aufenthaltsraum, und in spätestens zwei Stunden würde die Abführschokolade zu wirken beginnen.

Seretlo

Nach der Gründung der Südafrikanischen Union behielt England drei Eingeborenen-Schutzgebiete als Protektorate unter direkter Herrschaft: Betschuanaland, Swaziland und Basutoland.

Basutoland, oder in der Sprache der Eingeborenen Lesotho, hat ungefähr die Größe Belgiens. Die Eingeborenen, die sich in der Einzahl »Mosuto« und in der Mehrzahl »Basuto« nennen, sprechen »Sesuto«. Sie reiten auf kurzbeinigen Bergpferden, hüllen sich in farbenprächtige Wolldecken und tragen spitze, geflochtene Korbhüte.

Das Land ist wegen seines rauhen, gebirgigen Charakters nur spärlich besiedelt und für Touristen fast völlig unzugänglich. Selbst die gewaltigen Malet-Sunyane-Fälle, hundertdreißig Kilometer von Maseru entfernt, erblickt der Fremde nur, wenn er einen beschwerlichen Ritt auf sich nimmt oder wenn er sie überfliegt. Die Berge beherrschen das Land. Die Maluti-Berge bilden hier in unendlicher Einsamkeit mit den Drakensbergen die große Wasserscheide Südafrikas zwischen dem Atlantischen und dem Indischen Ozean.

Uneinnehmbar, wie eine Bergfestung, ragt der Thaba Bosui, der »Berg der Nacht«, gegen den wolkenlosen Himmel. Er war einmal Bollwerk und letzte Zuflucht der Basuto-Nation, als zu Ende des Neunzehnten Jahrhunderts der Zulukönig Chaka während seiner zwölfjährigen Schreckensherrschaft fast sämtliche Stämme des heutigen Natal ausrottete. Die Überlebenden flohen in die rauhe Wildnis der Berge zu Moshoehoe, dem Häuptling vom Basutoland. Moshoehoe nahm sie alle auf. Seine Gebirgsfestung war uneinnehmbar. Er ist der große Schutzgeist aller Basuto. Seine Seele wohnt auf dem Götterberg »Thaba Boschigo«, dem »Gipfel des Lichtes«. Dort wacht sie über das Wohl des Landes und das Schicksal seiner Kinder. Es sind seine Kinder im wahrsten Sinne des Wortes, denn Moshoehoe hatte so viele Frauen, daß heute mehr als tausend Enkel und Urenkel des großen Häuptlings eine erlauchte Oberschicht darstellen, aus der die Stammeskönige gewählt werden.

Als die Engländer den Bruder der Königin, den Häuptling Bereng Griffith Lerotholi, wegen eines Ritualmordes hängten, floh die Tochter der Königin zu einem Schweizer Missionar nach Pretoria, da die Medizinmänner auch ihren rituellen Opfertod, »Seretlo« genannt, beschlossen hatten. Der Missionar vermochte das Mädchen nur zu retten, indem er es nach Europa schickte, denn nicht einmal in seinem Hause war es vor dem Zugriff der Medizinmänner sicher.

Zu diesem Zeitpunkt beschloß die evangelische Schweizer Mission, Vater Betschard in das Basutoland zu entsenden, um den Kindern des Moshoehoe die Lehre Christi zu verkünden. Das alles geschah nicht etwa im vorigen Jahrhundert, sondern im Jahre 1961. Als Vater Betschard von der Fluglandebahn bei Semonkong im Jeep in das Innere des Landes gefahren wurde, wußte er, daß er der schwersten Aufgabe seines Lebens gegenüberstand.

Auf den ersten Blick lagen die Dinge nicht schlecht für die Mission. Zwei Drittel des Basutovolkes bekannte sich zum Christentum. Wenn man bedenkt, daß nur ein Sechstel der gesamten Bevölkerung Afrikas getauft war, so war das ein erfreulich hoher Anteil. Aber als gebürtiger Berner und seit dreißig Jahren in der afrikanischen Mission tätig, sah Vater Betschard die Dinge klar und nüchtern. Er wußte aus Erfahrung, daß für mindestens drei Viertel aller Eingeborenen das Christentum nur Tünche war, unter deren bröckeliger Oberschicht der böse Dämon »Nganga« mit »Modimo« zum Trommelschlag der Medizinmänner tanzte.

Vater Betschard fühlte sich stark. So stark wie schon lange nicht mehr. Die Kraft, die ihn erfüllte, kam von den Bergen. Wie er da zwischen seinen alten Koffern hinten im Jeep saß und durch die engen Schluchten und steilen Pässe fuhr, vorbei an donnernden Wasserfällen und baumlosen Gipfeln, da überkam ihn das Gefühl, in den Berner Alpen zu Hause zu sein. Er war kein fremder Eindringling mehr, sondern ein Sohn der Berge.

Der Kral, zu dem sie ihn brachten, hieß Thabana. Er lag fast zweitausend Meter hoch und bestand aus vierundzwanzig runden Steinhütten mit spitzen Grasdächern. Die Basuto von Thabana waren keine Christen.

Als der Jeep zwischen den Hütten hielt, versammelten sich die Leute von Thabana vor dem Haus des Häuptlings. Ihre bunten Decken leuchteten in der Abendsonne. Die Gesichter waren stolz und wie aus Hartholz geschnitzt. Die Leute drängten sich nicht neugierig um seinen Wagen wie die anderen Schwarzen, denen er während seiner Missionsarbeit begegnet war. Vom ersten Augenblick der Ankunft an spürte Vater Betschard die gläserne Wand zwischen sich und den Leuten von Thabana.

Als Häuptling Lethoso aus seiner Hütte trat, wurde es still. Lethoso schien so alt wie die Berge. Sein Gesicht war zerklüftet und von tiefen Falten durchzogen, wie das Hochland von Thabana. Eine hoheitsvolle Ruhe lag in seiner Erscheinung. Er führte Vater Betschard in die Häuptlingshütte. Sie rauchten schweigend eine Pfeife scharfen Tabaks miteinander. Dann fragte er:

»Warum bist du gekommen?«

»Man hat mich geschickt, um den Leuten von Thabana das Wort meines Gottes zu verkünden.«

»Du bist Missionar?«

»Ja, ich bin Missionar.«

»Woher kommst du?«

»Aus der Schweiz. Das ist ein Land im Norden, mit Bergen so hoch wie der ›Thabana Ntlenyana‹, und mit Wasserfällen so stark wie die von ›Malet Sunyane‹.«

»Du kannst bleiben, wenn du magst, Missionar.«

Er klatschte in die Hände und befahl einem jungen Mädchen, dem Gast seine Hütte zu zeigen. Sie lag neben dem Häuptlingshaus. In der Hütte befand sich nur ein Schlafplatz aus trockenen Berggräsern, über dem zwei handgewebte Decken lagen. Der Boden aus gestampftem Lehm war sauber gefegt. Der runde Raum war fensterlos. Ein schmaler Streifen Abendlicht fiel durch die niedrige Tür. Ein Fell hing davor. Das Mädchen hatte es zurückgeschlagen. Als Vater Betschard auf seinen Koffern in der Mitte der Hütte hockte, war er ein einsamer Fremder. Die Berge hatten gelogen.

In den nächsten Wochen versuchte er, den Leuten von Thabana näherzukommen. Er besuchte sie in ihren Hütten und sprach mit ihnen über Pferdekrankheiten, Maisanbau und vermutlichen Regen. Er kam nicht an sie heran. Er fühlte sich wie ein Hausierer, den man aus lauter Freundlichkeit hereingebeten hatte, aber dem man nichts abzunehmen gewillt war.

Vater Betschard gehörte nicht zu den Missionaren, die in jedem Brauch der Bantu die schwärzeste Finsternis des Heidentums erblicken. Er hatte von Anfang an die Überheblichkeit verabscheut, mit der man bei europäischen Missionsfesten von den armen, gottlosen Mohren und ihrem heidnischen Hokuspokus redet. Die meisten Negervölker glaubten, schon lange bevor man ihnen das Christentum verkündete, an ein einziges göttliches Wesen, an Auferstehung und ein Weiterleben nach dem Tode. Vater Betschard war sich sogar bewußt, daß die Aufforderung Christi: »Gehet hin in alle Welt und lehret alle Völker« genausoviel Schaden angerichtet wie Gutes bewirkt hat. Wie viele Hochkulturen der sogenannten Primitiven waren dem übereifrigen Fanatismus der Missionsarbeit zum Opfer gefallen.

Auch hier, im Basutoland, waren Fehler über Fehler gemacht worden. Die kanadischen Jesuiten im Norden warnten ihre Täuflinge vor der verfluchten Mischehe mit einem anglikanischen Christen, und die reformierten Missionare beschimpften die

Gesellschaft Jesu. Woran sollte der Eingeborene glauben? Vielleicht irrten sich sogar die Missionare, wenn sie die alten Stammesbräuche, die Geisterwelt der Vorfahren und die traditionelle Mehrehe verwarfen. Daher machten sich viele Schwarze ihre eigene Religion.

Vater Betschard wußte von alledem und beabsichtigte nicht, die gleichen Fehler zu machen. Er hatte Zeit und wartete auf eine günstige Gelegenheit.

Diese Gelegenheit kam am Freitag, dem 14. Januar. Vater Betschard war gerade dabei, seine Schuhe zu reparieren. Zuerst glaubte er, es wäre der Schrei eines Tieres. Doch dann hörte er den harten Schlag der Trommel. Das Schreien wurde immer lauter. Es kam aus der Hütte von Ihubu, dem Medizinmann. Niemand war zu sehen. Der Kral war wie ausgestorben. Es lag etwas Ungewöhnliches in der Luft. Vater Betschard wollte nicht stören und blieb in seiner Hütte. Den ganzen Vormittag dröhnte die Trommel. Vater Betschard wartete. Er wußte nicht, worauf, aber er wartete.

Als die Sonne fast senkrecht stand, schickte Häuptling Lethoso nach ihm. Er hatte seine Stirn mit Holzasche geschwärzt und sah übernächtigt aus. Er sagte:

»Berengo stirbt. Ich möchte, daß du ihn siehst. Er liegt bei Ihubu.«

Sie gingen hinüber zum Hause des Medizinmannes. Mitten im Raum auf einer Maisstrohmatte lag Berengo, der jüngste Sohn des Häuptlings. Ihubu, der Medizinmann, trug eine Dämonenmaske. Er saß, eingehüllt in Affenfelle und geschmückt mit leuchtenden Federn, auf einer Leopardenhaut, zu Füßen des Sterbenden. Er beschwor den Dämon Nganga und warf die Knochen. Es war das erste Mal, daß Vater Betschard das »Dollos Gooi«, das Knochenwerfen, mit eigenen Augen sah. Ihubu wiegte seinen Oberkörper wie eine Kobra zum Takt der Trommel. Urplötzlich brach der Trommelschlag ab, und Ihubu warf die Knochen zwischen die beiden Linien auf dem Lehmboden der Hütte.

Vater Betschard hatte von dem Knochenwerfen gelesen. Er wußte, daß die kunstvoll geschnitzten Knochen zu gleichen Teilen aus dem Vorderhuf eines Ochsen und einer Kuh sein mußten. Viele Afrikaforscher zählen das »Dollos Gooi« zu den intelligentesten Erfindungen der Eingeborenen. Vater Betschard wußte, daß allein der Fall der vier Hauptknochen vierundsechzig verschiedene Kombinationen ergab, von denen jede eine feste Bedeutung und einen anderen Namen hatte.

Ihubu sprach jetzt mit dem Dämon Nganga. Er war so in Trance, daß er ihr Kommen nicht bemerkt zu haben schien. Als er zum dritten Mal die Knochen zwischen die Linien geworfen hatte, gab Lethoso dem schweißglänzenden Trommler ein Zeichen. Das Tamtam brach ab. Es war totenstill. Ihubu starrte auf die Knochen. Er erwachte langsam aus seiner Hypnose, dann stand er auf.

Er sagte: »Nganga, der Dämon, hat sein Blut verbrannt.«

Und dann sagte er etwas, von dem Vater Betschard nur das Wort »Seretlo« verstand.

Es war totenstill in der Hütte. Dann sagte Lethoso: »Seretlo.«

Die Trommel zerriß die Stille und raste wie ein sterbendes Herz.

Vater Betschard beugte sich über den Kranken. Er hatte hohes Fieber und war bewußtlos. Während der Missionar seinen Puls fühlte, sah er den dunkelroten Streifen auf der hellen Innenseite des Armes. Er zog sich vom Handgelenk bis hinauf zur Achselhöhle. Blutvergiftung!

Ihubu hatte recht. Nganga, der Dämon, hatte sein Blut verbrannt. Vermutlich konnte nur noch eine Bluttransfusion dem Todgeweihten helfen. Vater Betschard hatte, wie alle Missionare der Schweizer Mission, ein provisorisches Transfusionsgerät in seiner Feldapotheke.

Er sagte zu Lethoso: »Ich kann deinem Sohn vielleicht helfen. Ihubu spricht die Wahrheit. Sein

Blut ist vergiftet. Ich werde sein krankes Blut von ihm nehmen und gesundes in ihn hineinfließen lassen.«

Lethoso sah ihn ungläubig an und sagte: »Nein, Missionar, das wird ihn töten. Das Blut ist der Sitz der Seele. Wenn Berengo sein Blut verliert, verliert er seine Seele, so wie die Bergantilope ihre Seele verliert, wenn wir sie verwunden und sie verblutet. Das weiß jedes Kind in Thabana.«

»Aber ich gebe deinem Sohn mein Blut.«

»Dann stirbst du!«

»Ich werde nicht sterben. Mein Gott wird mir helfen.«

Da sagte Ihubu: »Vielleicht hat er recht. Der gute Geist Modimo ist mit ihm.«

Lethoso blickte mit ausdruckslosen Augen auf den Medizinmann. Nach einer Weile des Schweigens sagte er: »Ich vertraue dir meinen Sohn an.«

Dann ging er in seine Hütte und verschloß den Eingang von innen.

Vater Betschard verlangte nach kochendem Wasser. Er nahm den großen Sanitätskoffer und ging hinüber zu der Hütte des Medizinmannes. Ein paar Frauen knieten neben dem Kranken und jammerten. Vater Betschard schickte alle davon und verhängte den Eingang zur Hütte, denn er fürchtete Tumult, wenn er Berengo die Vene öffnete.

Als das Mädchen das heiße Wasser gebracht hatte, stellte er den Topf auf Ihubus Feuer und wartete, bis es sprudelte. Vater Betschard bestimmte die Blutgruppe des Kranken. Dann saßen sie schweigend nebeneinander, der Missionar und der Medizinmann. Als das Wasser kochte, sterilisierte Vater Betschard die Geräte. Dann öffnete er mit einem raschen Schnitt die Armvene des Kranken. Ihubu verfolgte mit unbewegtem Gesicht, wie das Blut Berengos hervorpulsierte und in den Tontopf neben dem Krankenlager sickerte. Als es genug war, bandagierte der Missionar die Wunde und stach sich selbst die Kanüle zur Blutentnahme in die Vene des linken Oberarmes. Er pumpte sein Blut in Berengo und hoffte auf Gott.

Berengo lag wie tot auf der Maisstrohmatte. Sein Puls war schwach, aber regelmäßig. Vater Betschard injizierte ihm eine starke Dosis Penizillin und wikkelte ihn in eine Wolldecke. Dann sagte er zu Ihubu: »Jetzt muß Gott ihm helfen.«

»Modimo ist mit ihm«, sagte der Medizinmann. Er bereitete mit Hilfe des restlichen heißen Wassers einen starken Kräutertee und stopfte zwei lange Pfeifen. Sie blieben die ganze Nacht bei Berengo, und als der Morgen kam, sagte Ihubu: »Berengo wird leben. Du hast ihn gerettet. Dein Zauber war gut.«

Es war der 15. Januar. Vater Betschard würde dieses Datum niemals vergessen, denn von dem Tag an hatte sich das Verhältnis der Leute von Thabana zu ihm grundlegend geändert. Sie begannen, sich für ihn und seinen Gott zu interessieren. Berengo hatte die Bluttransfusion überlebt.

Für die Leute von Thabana war ein Wunder geschehen. Ein Mensch hatte sein Blut für einen anderen gegeben und beide lebten. Vater Betschard hatte zwei Menschen das Leben gerettet: Berengo – und einem unbekannten Opfer.

Als Berengo in der Hütte des Medizinmannes gelegen hatte, um zu sterben, hatte Ihubu »Seretlo« gesagt, und die Trommel hatte geschrien. Vater Betschard kannte die Bedeutung, und ihn fror, wenn er daran dachte. »Seretlo«, das hieß Opferung eines Menschen.

Diese über ganz Afrika verbreitete Ritualtötung geschieht im Basutoland mit fast genauer Regelmäßigkeit. Zwischen 1950 und 1960 wurden im Basutoland hundert Fälle von Seretlo bekannt und abgeurteilt. Die Strafe der Weißen Justiz ist der Galgen.

Aber weder Strafe noch Erziehung noch Missionsarbeit haben diesen magischen Kannibalismus einzudämmen oder gar zu beseitigen vermocht, denn die Menschenopfer nehmen nicht ab, sondern von Jahr zu Jahr zu. Und wahrscheinlich wird nur ein geringer Bruchteil davon bekannt. Die englische Protektoratsverwaltung verfügt über vierzehn weiße Polizisten für das gesamte Basutoland.

Als Vater Betschard die Missionsberufung für das Basutoland angenommen hatte, hatte er es sich zur Hauptaufgabe gemacht, das Wesen des »Seretlo« in seinen Grundzügen zu studieren und dann wirksam zu bekämpfen. Es schien so, als wäre er auf dem besten Wege zum Erfolg, denn er hatte mit einem Schlag die Freundschaft des Häuptlings, die Bewunderung des Medizinmannes und das Vertrauen der Leute von Thabana gewonnen.

Es war so, als habe Gott ein wenig nachgeholfen.

Seit jenem 15. Januar predigte Vater Betschard jeden Tag eine Stunde vor Sonnenuntergang vor seiner Hütte.

Die Basuto kamen, weil er etwas geleistet hatte, das sie mit Erstaunen erfüllte. Sie wollten von ihm lernen.

Vater Betschard sprach von seinem Gott, und er verstand es zu berichten, ohne zu verdammen. Ihubu, der Medizinmann, saß unter seinen Zuhörern. Vater Betschard gehörte nicht zu den Missionaren, die erst alles zerschlagen, um dann neu aufzubauen. Er glaubte, daß Vertrauen und Toleranz die Menschen allmählich auf den christlichen Pfad bringen würden. Seine Freundschaft mit Ihubu war für den ersten Teil seiner Missionsarbeit wichtiger, als wenn er ihn zum Götzendiener abgestempelt und bekämpft hätte. Er wollte Thabana nicht in Gläubige und Ungläubige spalten. Er wollte, daß sie alle gemeinsam jeden Tag ein wenig mehr glaubten, langsam und aus christlicher Überzeugung, nicht aus oberflächlichem Interesse, und schon gar nicht aus Dankbarkeit, wie Häuptling Lethoso und sein geretteter Sohn Berengo.

Und Vater Betschard hatte Erfolg.

Die Leute von Thabana zeigten ein Interesse an der Lehre Christi, wie es Vater Betschard niemals zu hoffen gewagt hatte.

Als er ein Jahr nach seiner Ankunft die Basuto des Dorfes aufforderte, zur heiligen Taufe zu kommen, erschienen sie geschlossen und ohne eine einzige Ausnahme, einschließlich des Medizinmannes Ihubu. Vater Betschard gab sich nicht der Illusion hin, daß nun seine Arbeit getan sei. Er hatte ein Fundament gelegt, auf dem er erst ein solides Haus bauen mußte. Er hatte Ihubu und einigen anderen Männern des Stammes Lesen und Schreiben gelehrt. Sie lasen in seiner Bibel und schienen sehr beeindruckt, denn Ihubu suchte ihn immer häufiger auf, um mit ihm über Dinge zu sprechen, die er nicht verstanden hatte. Besonders das Abendmahl hatte ihn tief berührt. Es wurde sein Lieblingsthema.

Als der Frühling in die Berge kam, zog eine eigenartige Unruhe in das kleine Dorf ein. Vater Betschard spürte, daß die Leute nicht mehr bei der Sache waren. Immer häufiger wanderten ihre Blicke zu dem Götterberg »Thabo Boschigo«, auf dem Moshoehoe saß und über das Wohl seiner Kinder wachte, wie Jesus Christus, der Mächtige, an den sie glaubten.

Eines Morgens war das Dorf verlassen. Als Vater Betschard kurz nach Sonnenaufgang erwachte, war er allein. Die Leute von Thabana waren davongegangen. Ihre Hütten waren leer. Vater Betschard wartete den ganzen Tag. Am Abend kam Ihubu. Er setzte sich zu Vater Betschard ans Feuer, denn es war kalt draußen.

»Wo sind die Leute von Thabana?« fragte der Missionar.

»Sie sind in den Bergen und feiern das ›Moshagarumi‹-Fest, das Fest der Beschneidung.«

»Weshalb feiern sie es nicht hier?«

Ihubu sah ihn ungläubig und erstaunt an: »Hier?« Die jungen Männer von Thabana finden ihre Mannbarkeit nur in der Einsamkeit der Berge. Es ist eine harte Probe. Doch Christus ist mit ihnen. Seine Kraft und ›Sehoere‹ wird ihnen helfen.«

»Was ist ›Sehoere‹?« fragte Vater Betschard.

»Du kennst nicht ›Sehoere‹?«

»Du kennst Jesus Christus und weißt nichts von ›Sehoere‹? Die Knaben erhalten vor der Beschneidung die magische Speise ›Sehoere‹. Sie macht sie gegen Schmerzen unempfindlich.«

»Erzähl mir von ›Sehoere‹«, sagte der Missionar. »Ist es ein Kraut?«

»Es ist wie das Abendmahl«, sagte Ihubu. »Wir nehmen das Blut eines Opfers, ein Stück seiner Kopfhaut, die Augen, die Zunge und die Ohren. Das Ritual der Zubereitung ist schwierig. Doch wenn die Kinder des Moshoehoe die Lenaka, den Kelch mit Sehoere, getrunken haben, ist Gott mit ihnen, und sie spüren seine Kraft.«

Vater Betschard war totenblaß geworden. »Ihubu, das ist Mord, das ist Seretlo«, keuchte er. »Du kannst nicht Christ sein und morden. Du bist doch Christ?«

»Ja, ich bin Christ«, sagte Ihubu, »ich kenne die Gebote, und ich werde niemals töten. Seretlo ist nicht Mord, Seretlo ist ein Opfer wie das heilige Abendmahl. Du gibst uns das Fleisch und das Blut des Herrn zur Stärkung unserer Seele. Du sprichst von dem Blut Jesu, das er vergossen hat zur Rettung der Menschen. Das Blut der Menschen enthält ihre Eigenschaften: Macht und Tapferkeit, Weisheit und Güte. Wenn es freiwillig vergossen wird, so ist es voll Kraft und Segen, wie das Blut Jesu, an das ich glaube. Ich spüre seine Kraft, wenn du sagst: ›Siehe, das ist sein Blut‹. Es muß ein bedeutender Mensch gewesen sein.«

Vater Betschard lehnte an der Wand der Hütte. Er bewegte die Lippen, als wollte er beten. Immer deutlicher formte sich das Bild des Entsetzlichen, das er angerichtet hatte. Auf welchen Boden waren seine Worte da gefallen. Er hatte den Leuten von Thabana die Lehre Christi bringen wollen, um sie von dem blutigen Aberglauben des »Seretlo« zu erlösen, und sie hatten beides zu einer Einheit verschmolzen. Mein Gott, was hatte er da angerichtet.

Eine Trommel zerriß die Stille der Nacht. Noch eine.

Plötzlich dröhnte das Tal vom Schlag vieler Trommeln.

»Was soll das?« fragte der Missionar.

»Die Leute von Thabana sind gekommen, um den Opfertod ihres Messias zu feiern.« Vater Betschard stürzte zur Tür, um das Ärgste zu verhindern.

»Warte«, sagte Ihubu.

Häuptling Lethoso kam herein, hinter ihm Berengo und die Männer des Dorfes. Sie hatten ihre Gesichter mit Kalk geweißt. Sie setzten sich schweigend nieder, mit dem Rücken zur Wand.

Ihubu und Vater Betschard standen in der Mitte des Kreises. Die Trommeln verstummten. Ihubu kniete langsam nieder. Er betete lange. Es war totenstill. Dann klatschte er in die Hände. Ein Junge brachte Vater Betschards Abendmahlsgeräte. Der Medizinmann stellte den Kelch auf die Altardecke. Dann erhob er sich langsam, zog seinen Dolch, zeigte auf den Missionar und sagte ehrfürchtig: »Siehe, das ist sein lieber Sohn, der gekommen ist, zu geben sein Blut zur Bezahlung für viele.«

E. W. Heine im Diogenes Verlag

Kille Kille

Makabre Geschichten
detebe 21053

»Für die Geschichten von E. W. Heine sollte man einen guten Magen haben. Sie beginnen immer als leichte nette Unterhaltung, aber dann! Heine ist ein Meister der Pointe und schafft es, die Fragwürdigkeit menschlicher Verhaltensweisen in extremen Situationen zu entlarven, Nur schade, daß man von dem Buch nicht lange etwas hat. Einmal angefangen, kann man es nämlich vor der letzten Seite nicht mehr aus der Hand legen.« *Darmstädter Tagblatt*

»Liebhabern gepflegter Kurzgeschichten in der Art Henry Slesars, Roald Dahls und Stanley Ellins ist der Name Ernst W. Heine nicht mehr unbekannt.«
Frieder Middelhauve/Darmstädter Echo

»Ein Nachfahre von Twain und Poe.«
Salzburger Nachrichtern

Hackepeter

Neue Kille Kille Geschichten
detebe 21219

»Das Grauen wächst aus dem alltäglichen Leben. Eben deshalb ist es so grauenhaft und makaber.«
Westfälische Rundschau

»Geschichten, deren hintersinniger Lakonismus in der Tradition von Edgar Allan Poe und Mark Twain bis zu Gustav Meyrink steht. Wo sie gelingen, untergräbt das von ihnen erpreßte Lachen jede Sinnstiftung.« *Stern*

»Für mich ist dieses Buch die Überraschung schlechthin. Den Autor kannte ich bisher nicht. Seine Stories sind überraschend in Aufbau und Pointen. Heine arbeitet nicht mit den üblichen Horror-Effekten. Es ist der Mensch, der den Horror auslöst, die Technik, die immer wieder für makabre Überraschungen sorgt. Grauen im Alltag mit immer wieder purzelbaumschlagenden Pointen.« *Hannoversche Allgemeine*

Kuck Kuck

Kille Kille Geschichten
detebe 21692

»E. W. Heines Alptraum soll es sein, Leser zu langweilen. Da kann er ruhig schlafen: Auch bei seinem dritten Erzählband mit 13 Stories ist nur eines zu bedauern – daß es nicht mehr geworden sind. Meist wird da knapp und knackig aus der Welt bzw. Halbwelt der Kriminalität und verwandter Bereiche erzählt. Und die immer überraschende Pointe lauert kunstgerecht in den letzten beiden Sätzen. Wenn nicht die deutschen Ortsnamen wären, man fühlte sich im tiefschwarzen angelsächsischen Satire- und Schaudergewerbe und die Herren Poe, Twain und Bierce lassen grüßen. Doch bei den Themen liegt der Autor am Puls unserer Tage. Manches meint man (und es stimmt sogar), gerade in der Zeitung gelesen zu haben. Und nun wird die letzte Konsequenz aus der alltäglichen ›Realsatire‹ herausgekitzelt. Von deutscher Umständlichkeit kann man hier nichts bemerken.« *Westfälische Nachrichten*

Das Glasauge

Neue Kille Kille Geschichten
detebe 22471

»In einer Zeit, da den literarisch interessierten Lesern profunde pseudophilosophische Notate über die Postmoderne zuhauf verabreicht werden, fällt E. W. Heine gänzlich aus dem Rahmen. Denn bei der Lektüre darf – je nach Mentalität des Lesers – geschmunzelt oder zuweilen sogar herzhaft gelacht werden.«
Neue Zürcher Zeitung

Deutschsprachige Thriller im Diogenes Verlag

● **Jakob Arjouni**
Ein Mann, ein Mord
Ein Kayankaya-Roman. Leinen

Happy birthday, Türke!
Ein Kayankaya-Roman. detebe 21544

Mehr Bier
Ein Kayankaya-Roman. detebe 21545

● **Robert Benesch**
Außer Kontrolle
Roman. detebe 21081

● **Kurt Bracharz**
Pappkameraden
Roman. detebe 21475

● **Peter Bradatsch**
Waschen, Schneiden, Umlegen
Ein Dutzend Kriminalgeschichten
detebe 21272

● **Beat Brechbühl**
Kneuss
Roman. detebe 21416

● **Claude Cueni**
Schneller als das Auge
Roman. detebe 21542

● **Friedrich Dürrenmatt**
Der Richter und sein Henker
Kriminalroman. detebe 21435

Der Verdacht
Kriminalroman. detebe 21436

Das Versprechen / Aufenthalt in einer kleinen Stadt
Erzählungen. detebe 20852

Justiz
Roman. detebe 21540

● **Friedrich Glauser**
Wachtmeister Studer
Roman. detebe 21733

Die Fieberkurve
Roman. detebe 21734

Matto regiert
Roman. detebe 21735

Der Chinese
Roman. detebe 21736

Krock & Co.
Roman. detebe 21737

Der Tee der drei alten Damen
Roman. detebe 21738

● **E.W. Heine**
Toppler
Ein Mordfall im Mittelalter. Mit zahlreichen Vignetten des Autors. Leinen

Kille Kille
Makabre Geschichten. detebe 21053

Hackepeter
Neue Kille Kille Geschichten. detebe 21219

Kuck Kuck
Noch mehr Kille Kille Geschichten
detebe 21692

Wer ermordete Mozart? Wer enthauptete Haydn?
Mordgeschichten für Musikfreunde
detebe 21437

Wie starb Wagner? Was geschah mit Glenn Miller?
Neue Geschichten für Musikfreunde
detebe 21514

Das Glasauge
Neue Kille Kille Geschichten. detebe 22471

● **Otto Jägersberg**
Der Herr der Regeln
Roman. detebe 21612

● **Hans Werner Kettenbach**
Minnie oder Ein Fall von Geringfügigkeit
Roman. detebe 21218

Schmatz oder Die Sackgasse
Roman. detebe 21732

● **Jürgen Lodemann**

Anita Drögemöller und Die Ruhe an der Ruhr
Roman. detebe 20283

Essen Viehofer Platz
Roman. detebe 21613

● **Fanny Morweiser**

Lalu lalula, arme kleine Ophelia
Eine unheimliche Liebesgeschichte
detebe 20608

La vie en rose
Ein romantischer Roman. detebe 20609

Die Kürbisdame
Eine Kleinstadt-Trilogie. detebe 20758

Indianer-Leo
und andere Geschichten aus dem Wilden Westdeutschland. detebe 20799

Ein Sommer in Davids Haus
Roman. detebe 21059

Voodoo-Emmi
Erzählungen. detebe 21541

Ein Winter ohne Schnee
Roman. detebe 21693

● **Karl W. Schlegel**

Richter wider Willen
Roman. detebe 21422

● **Bernhard Schlink**

Die gordische Schleife
Roman. detebe 21668

zusammen mit Walter Popp:

Selbs Justiz
Roman. detebe 21543

● **Lydia Tews**

Wer nicht träumt, ist tot
Roman. detebe 21513

● **Susanne Thommes**

Brüderchen und Schwesterchen
Roman. detebe 21423

Totensonntag
Roman. detebe 21474

zusammen mit Roland Kramp:

Der falsche Freund
Roman. detebe 21380

● **Hans Weigold**

Eines der verwunschenen Häuser
Roman. detebe 21070